HEYNE
BUCHER

In der Perry-Rhodan-Reihe sind
als Heyne-Taschenbücher erschienen:

*Planet der Mock* · Band 16/1
*Der große Denker von Gol*
Band 16/2
*Schatzkammer der Sterne*
Band 16/3
*Sturz in die Ewigkeit* · Band 16/4
*Die verhängnisvolle Expedition*
Band 16/5
*Die Tochter des Roboters*
Band 16/6
*Die Zeitspringer* · Band 16/7
*Am Rand des blauen Nebels*
Band 16/8
*Invasion der Puppen* · Band 16/9
*Die goldenen Menschen*
Band 16/10
*Im Zentrum der Galaxis*
Band 16/11
*Die Parasklaven* · Band 16/12
*Sternkolonie Troja* · Band 16/13
*Die Nacht des violetten Mondes*
Band 16/14
*Ich, Rhodans Mörder* · Band 16/15
*Phantom-Station* · Band 16/16
*Der Flug der Millionäre*
Band 16/17
*Raumkapitän Nelson* · Band 16/18
*Die Zone des Schreckens*
Band 16/19
*Das Gesetz der gläsernen Vögel*
Band 16/20
*Das tödliche Paradies* · Band 16/21
*Der Geisteragent aus dem All*
Band 16/22
*Der Einsame von Terra*
Band 16/23
*Baumeister des Kosmos*
Band 16/24
*Ins Weltall entführt* · Band 16/25
*Fischer des Universums*
Band 16/26
*Ein Teil der Ewigkeit* · Band 16/27
*Gucky und die Mordwespen*
Band 16/28
*Die Fremden aus dem Mikronebel*
Band 16/29
*Der Schlüssel zur anderen Welt*
Band 16/30
*Die Spur nach Andromeda*
Band 16/31
*Im Schatten des kristallenen Todes*
Band 16/32
*Terra in Trance* · Band 16/368
*Das Aralon-Komplott*
Band 16/369
*Welt der Prospektoren* · Band 16/370
*Luminia ruft* · Band 16/371
*Das Gremium der Vier* · Band 16/372
*Deserteur der USO* · Band 16/373
*Die Wurzeln des Todes*
Band 16/374
*Halo 1146* · Band 16/375
*Die Toleranz-Revolution*
Band 16/376
*Tränen vom Himmel* · Band 16/377
*Die Elixiere von Chubbid*
Band 16/378
*Sturm der neuen Zeit* · Band 16/379
*Als die Kröten kamen* · Band 16/380
*Verlorenes Leben* · Band 16/381
*Das sterbende Imperium*
Band 16/382
*ELOHIM II* . Band 16/383
*Das Bermuda-Loch* · Band 16/384
*Eisige Zukunft* · Band 16/385
*Welt über den Wolken*
Band 16/386
*Hölle hoch vier* · Band 16/387
*Galaktische Rache* · Band 16/388
*Schach den Cantaro* · Band 16/389
*Das hohle Paradies* · Band 16/390
*Im Nichts gestrandet* · Band 16/391
*Psychospiel* · Band 16/392
*Atlans Todfeinde* · Band 16/393
*Der Moloch* · Band 16/394
*Testflug* · Band 16/395
*Für Arkons Ehre* · Band 16/396
*Duell in Terrania* · Band 16/397
*Der Nirwana-Teleporter*
Band 16/398
*Kampf des Jahrtausends*
Band 16/399
*Gesänge aus der Unterwelt*
Band 16/400

Perry Rhodan

# HERRSCHER VON SONNENLAND

**Rianna lebt in einem Paradies – doch es wird ihr zum Alptraum**

**Ein Planetenroman von**

**ARNDT ELLMER**

*Originalausgabe*

WILHELM HEYNE VERLAG
MÜNCHEN

PERRY RHODAN
Nr. 16/401

*Umwelthinweis:*
Dieses Buch wurde auf
chlor- und säurefreiem Papier gedruckt.

Redaktion: Klaus N. Frick


Wilhelm Heyne Verlag GmbH & Co. KG, München
Printed in France 1996
Umschlagillustration: Alfred Kelsner, Bünde
Umschlaggestaltung: Atelier Ingrid Schütz, München
Satz: Franzis-Druck GmbH, München
Druck und Bindung: Brodard & Taupin

ISBN: 3-453-09866-8

## Vorspiel 277. Tamphyr

Gwynn Egwynn erreichte den SET gerade noch rechtzeitig, um das Anlaufen der Maschinen mitzuerleben. Ungeduldig trat er von einem Bein auf das andere, während die Automaten ihn mit ihren Greifern umfaßten und seinen Körper dekontaminierten.

Dekontaminieren – ein blödes Wort, wie er fand. Schließlich ging es nicht darum, ihn von gefährlicher Strahlung zu befreien. Es gab sie nirgendwo in der Stadt, erst viel weiter draußen in der *Hölle*. Nein, die Greifer versprühten ein feines Gas, das die Bakterien der Kleidung und der Körperoberfläche vernichtete. Auf diese Weise trugen sie Sorge, daß die Anlagen ihren keimfreien Zustand behielten und nicht unter hohem Aufwand entseucht werden mußten. Kaum auszudenken, was geschehen konnte, wenn die absolute Keimfreiheit nicht gewährleistet blieb.

Wie immer benötigten die Automaten viel zu lange, und als sie die Greifer endlich einzogen, ließ er ein drohendes Brummen hören und hastete davon. Die zwanzig Stufen hinauf zur Plattform legte er in wenigen Sätzen zurück.

Memlo Memlogg erwartete ihn bereits. Der Technik-Vorsteher deutete mit dem Kopf hinüber zu den Schaltwänden, die in ihrer Krümmung dem Verlauf der Kuppelwandung folgten. Alle dreihundertvierundsechzig Lampen leuchteten blau.

»Der Herrscher hat das Programm bereits geladen«, flüsterte Memlo ehrfürchtig. »Die erste Rückkehr wird eingeleitet. Spürst du die Feierlichkeit des Augenblicks?«

»Ja.«

Memlogg warf ihm ob der Kürze der Antwort einen überraschten Blick zu.

»In der Kürze liegt die Würze«, machte Egwynn ihm begreiflich. »Du kannst es auch anders nennen. Ich habe heute schlechte Laune. Ich glaube, es liegt etwas in der Luft.«

Auf einem flimmernden, altersschwachen Monitor empfingen sie ein Bild aus der ersten Kammer. Siebenhundert winzige Bassins ruhten dort auf dem erschütterungsfreien Untergrund. Viel Platz boten sie nicht. Es reichte gerade für einen Körper, ein bißchen Flüssigkeit und Gas.

Aus einem Lautsprecher über der Plattform hallten in abgerissenen, verzerrten Automatenworten Erklärungen zu dem Vorgang

Die beiden Männer blickten sich wortlos an. In ihren Gesichtern zuckte es. Immer war es dasselbe. Die Peripherie wies große Ähnlichkeit mit einem Schrottplatz auf. Schuld daran waren die beschränkten Ressourcen im Sonnenland. Nur das wurde ersetzt, was überhaupt nicht mehr funktionierte.

Die Kammern hingegen und die Automaten zur Dekontamination befanden sich immer auf dem modernsten Stand der Technik.

Gwynn Egwynn und Memlo Memlogg beobachteten den Vorgang mit gemischten Gefühlen. Mehr als jedem anderen Bewohner des Sonnenlandes war ihnen bewußt, daß für jeden der Rückkehrer einer aus ihrer Mitte scheiden mußte.

So wollte es das *Gesetz*. Und das *Gesetz* war Solarisso, der Herrscher des Sonnenlandes. Stadt und Umland hießen nach ihm.

Gwynn spürte plötzlich, wie sein Kollege sich versteifte. Sein Kopf ruckte herum und starrte den Monitor an. Die Bildzeilen schwankten, aber dennoch vermochten sie beide zu erkennen, daß sich eines der Bassins bewegte.

»Das Bassin wird umstürzen«, schrie Memlo Memlogg und begann merklich zu zittern. »Was tun wir jetzt? Wie sollen wir bloß ...«

Gwynn Egwynn löste mit einem harten Schlag seiner rechten Klauenhand Alarm aus.

Der Rückkehrer schaukelte in dem Behälter hin und her und schaffte es, ihn so weit zu kippen, daß sein Körper mitsamt der Flüssigkeit herausschwappte. Es klatschte, als er zu Boden stürzte.

»Schnell«, keuchte Egwynn. »Wo ist der Schlüssel?«

»Dort drüben. Er steckt im Sicherungshaken.«

Der Haken klaffte auf, von der Automatik nach dem Alarm gelöst. Egwynn riß den Schlüssel an sich und stürmte von der Plattform. Neben der grünen Tür warf er sich gegen die Wand. Knirschend gab die metallene Klappe nach und ruckte zur Seite. Das Fach mit den uralten Schußwaffen stand offen.

Noch nie hatten die Männer eine der Waffen gebraucht. Aber sie wußten, wie man sie bediente.

»Komm endlich!« rief der Techniker. »Sonst ist es zu spät.«

»Ich – ich kann nicht.« Memlo Memlogg klebte mit verkrampften Gliedmaßen droben an der Plattform. »Ich habe Angst.«

»Angst? Pah! Los, wir müssen verhindern, daß noch mehr kaputtgeht!«

Memlogg kroch förmlich herbei und suchte an jeder Verstrebung und jedem Vorsprung Halt. Er bewegte sich vorwärts, aber seine Gesten deuteten nach hinten.

»Abschalten«, ächtze er und verlor an einer scharfen Kante zwei seiner Armschuppen. »Ich werde die Anlagen abschal ...«

»Nichts wirst du. Die Rückkehr kann nicht unterbrochen werden, wenn sie erst einmal eingeleitet ist.«

Er riß eine der Waffen an sich und drückte dem Technik-Vorsteher die nächste in die Hand. Mit einem Ruck öffnete er die Tür und rannte in den Verbindungskorridor hinein. Im flackernden Schein der Notbeleuchtung tauchte der Eingang vor ihm auf. Das Siegel lag am Boden. Mit der Einleitung der Rückkehr war es abgefallen.

Entschlossen steckte Gwynn Egwynn den Schlüssel ins Schoß und drehte ihn. Einen Augenblick zögerte er, dann schob er die Tür zur Seite.

Violettes Licht empfing ihn, und ein Schwall feuchter Wärme drückte ihn in den Korridor zurück. Er stemmte sich dagegen, holte tief Luft und warf sich in die brodelnde, chemisch riechende Kammer.

Im Halbdunkel musterte er den schmalen, sehr langen Raum. Die Decke wirkte extrem niedrig, bedingt durch die kastenförmigen Versorgungsanlagen, die herabhingen. Darunter standen Reihe an Reihe die Behälter mit den Schläfern. Rohre und durchsichtige Schläuche verbanden Anlagen und Bassins.

Der erste Behälter lag zersplittert auf dem Boden. Ein zweiter wackelte, und der Techniker entdeckte die nackte Gestalt, die daran zerrte und immer wieder mit den Armen in die Flüssigkeit griff und den Körper schüttelte, der darin lag. Ob es die Rückkehr der Frau beschleunigte, vermochte Egwynn nicht zu sagen.

»Halt ein!« schrie er. »Du zerstörst das, was dich bisher beschützt hat und auch in Zukunft beschützen soll.«

Die Gestalt ruckte herum. Schleimverschmierte Augen starrten ihn an. Der Nackte stieß ein Bellen aus, das Gwynn Egwynn einen Schauder über den empfindlichen Nacken jagte. Mit drei, vier großen Sätzen warf er sich dem Techniker entgegen. Seine Hände schlugen nach Egwynn. Dieser sprang hastig zur Seite und stieß dem anderen den Lauf der Waffe in den Leib. Der brüllte auf, änderte die Richtung und stürmte durch die offene Tür hinaus in den Korridor.

Einem ersten Reflex folgend, wollte der Skrekada dem Erwachten hinterher, aber dann besann er sich anders. Er rief Memlo Memlogg eine Warnung zu und richtete seine Aufmerksamkeit wieder auf die Bassins. Überall bewegten sich die Körper. Maschinen saugten das Gas und die Flüssigkeit ab. Sanfte Greifer faßten in die Behälter und hoben die Rückkehrer heraus.

Die meisten Greifer gingen ins Leere. Die Erwachten befreiten sich aus eigener Kraft und ohne Rücksichtnahme aus den Betten, die ihnen bisher den Schlaf ermöglicht hatten.

»Hört auf!« versuchte es Gwynn Egwynn erneut. »Schont die Anlagen. Wir brauchen sie noch!«

Für uns, wollte er noch hinzufügen. Aber er kam nicht mehr dazu. Etwas sauste durch die Luft auf ihn zu, traf ihn seitlich am Kopf und prallte an seiner zähen Lederhaut ab.

Das scheußliche Gewimmer des Alarms verstummte übergangslos. An seiner Stelle klang eine klare, deutliche Stimme auf.

»Gwynn Egwynn, behalte die Nerven! Die Anlagen dürfen nicht zerstört werden. Kehre auf den SET zurück und schalte das Programm ab. Die erste Kammer ist nicht mehr zu retten. Du darfst nicht zulassen, daß die übrigen beschädigt werden.«

Der Techniker erstarrte. Diese Stimme – noch nie hatte er sie in seinem bisherigen Leben gehört. Alle Stimmen der Skrekada kannte er. Es gab nur eine mögliche Erklärung.

»Ich eile, Solarisso!« rief er und stürmte davon. Hinter seinem Rücken schwollen der Lärm und das Chaos an. Die grüne Tür zum SET stand noch offen, und Egwynn erwartete, den zitternden Technik-Vorsteher in einer Ecke kauern zu sehen. Aber Memlogg war nicht da, und so hangelte er sich hinauf zur Plattform, gab seinen Kode ein und fuhr die Anlagen herunter. Nach und nach wechselten die Lampen von Blau auf Gelb. Nur die erste Kammer blieb aktiv. Ihr Programm ließ sich nicht anhalten.

»Auftrag ausgeführt«, meldete er. »Ich schließe die Zugänge und verlasse den SET.«

Kurze Zeit später passierte er die Automaten am Ausgang und entzog sich durch einen schnellen Sprung ihrem Versuch, ihn erneut zu dekontaminieren. Beinahe stolperte er über den reglosen Körper des Technik-Vorstehers. Jemand – und für Gwynn gab es keinen Zweifel, daß es der tobende Rückkehrer gewesen war – hatte Memlo Memlogg mit großer Wucht den Lauf der Waffe in den Schädel gerammt. Niemand konnte Memlo mehr helfen, denn er war tot.

Egwynn wandte sich ab und rannte ins Freie. Die frische Luft vertrieb das dumpfe Gefühl in seinem Kopf ein wenig. Überall erklang jetzt die Stimme des Herrschers. Solarisso gab Anweisungen für die Bewohner der Stadt. Grün flouoreszierende, kegelförmige Roboter schwebten mit einemmal durch die Straßen, wie der Techniker sie noch nie gesehen hatte. In der beschaulichen Welt zwischen den grau und silbern glitzernden Fassaden der Stadt wirkten sie fremdartig, und er fragte sich, ob sie wirklich zu Solarisso gehörten.

Der Gedanke, daß die Vorgänge in der ersten Kammer auf fremdes Einwirken zurückzuführen sein könnten, weckte Wut und Haß in ihm. Er verdrängte sie mühsam. Sein Verstand sagte ihm, daß das nicht sein konnte.

Solarisso existierte allein im Universum. Draußen in der *Hölle* und dahinter gab es nur das Nichts. Die ewige Leere.

# 1. Rianna

Der Schwaf hob sein Stöckchen empor und schwenkte es hin und her. Dabei wippte er in den Hüftgelenken. Die Geste ließ keinen Zweifel zu.

Rianna erhob sich und streckte einen Arm aus als Bestätigung, daß sie das Zeichen erkannt hatte. Blitzschnell sank der Schwaf zum Boden zurück und robbte davon. Seine Bewegungen zeigten genau die Ortsveränderungen des Beutetieres an.

»Er hat einen Kalbrus entdeckt«, zischte sie.

Die Frauen um Rianna herum lagen mit den Gesichtern halb im Sand vergraben da und schlummerten. Firbo grunzte leise vor sich hin, und ihr Stummel zuckte unregelmäßig. Ganz bestimmt träumte sie etwas Unanständiges.

»He, aufwachen!« rief die Jägerin laut. »Oder hat euch die Wärme gelähmt?«

Wer zu lange in der Sonne lag, lief Gefahr, überhaupt nicht mehr aufzuwachen.

Mit ein paar Tritten verschaffte sie sich endlich Gehör. Termini und Likwide knickten den Kopf seitlich ein und starrten sie aus jeweils einem offenen Auge an.

»Der Schwaf meldet einen Kalbrus!«

Die Frauen reckten ihre Glieder und sprangen blitzartig auf.

»Gute Wächterin, brave Wächterin«, lobte Firbo. Sie griff nach ihrer Gerte und huschte geduckt davon.

Die vier bildeten eine Jagdeinheit. Firbo las die Spuren, Rianna koordinierte die Zusammenarbeit mit dem Schwaf. Termini und Likwide zeichneten für die Erlegung der Beute verantwortlich. Diese Teilung der Aufgaben gehörte zum reichen Erfahrungsschatz der Skrekada von Amur-Baisel.

Dicht hintereinander folgten sie dem schmalen Pfad

zwischen den Sandhügeln. In der Einöde wuchsen vereinzelt stachelige Kukusz. Zwischen ihren Knollen steckten gefährliche Springwürmer. Diese griffen jedes Lebewesen an und bohrten sich sofort unter die Haut. Nicht einmal die Schuppen der Skrekada schützten vor den kaum krallengroßen Ungeheuern. Die engen Zwischenräume reichten für das Vorhaben der Schmarotzer völlig aus. Die durchschnittliche Sprungweite der Winzlinge betrug zehn Schritte, aber manche hatten es mit Rückenwind schon auf fünfzehn gebracht. Entsprechend groß waren die Bögen der Jägerinnen um solche Gewächse.

Nach einer Weile scherte Rianna aus der Reihe aus. Sie arbeitete sich ein wenig den Hang empor, um den verlorengegangenen Sichtkontakt zum Schwaf wiederherzustellen. Der Stöberer, so lautete die offizielle Bezeichnung in der Jagdsprache, hielt die Spur, als sei sie mit einem Stock vorgezeichnet. Hin und wieder vergewisserte er sich durch ein kurzes Heben des Kopfes, daß die Jägerinnen sich noch in der Nähe befanden.

Firbo deutete nach links, sie wollte die steil aufragenden Felsen umgehen. Dahinter erstreckte sich flacher Sand.

Rianna gab die Absicht durch ein Krallenzeichen an den Schwaf weiter. Dieser arbeitete lautlos wie jeder dieser Stöberer, denen sie das Maul zugenäht hatten. Schwafe mit offenem Maul ließen von der ausgespähten Beute meist nur die Knochen übrig.

Die Jägerin richtete ihre Aufmerksamkeit wieder auf den Schwaf und ihre Gefährtinnen. Sie erreichten den Schatten der Felsen und beeilten sich, einen Teil der zu hohen Körperwärme an die Umgebung abzugeben. Anschließend eilten sie frisch und erholt in die sengende Sonne zurück und hielten in steilem Winkel auf den Schwaf zu.

Rianna blinzelte zum Firmament empor. Das weißblaue Gestirn brannte unerbittlich auf sie herab. Der Tag gehörte zu den heißesten in dieser Zone, aber das durfte keine Rolle spielen. Die Tageszeit war günstig, um einen Kalbrus zu erlegen. Alles andere zählte nicht.

Ihre Entfernung zum Schwaf betrug jetzt noch knapp fünfzig Schritte. Bis zur Beute mochten es hundertfünfzig sein. Lautlos eilten die Jägerinnen dahin. Sie kontrollierten ihren Atem, um die Körpertemperatur niedrig zu halten und sich dem Kalbrus nicht frühzeitig durch Geräusche zu verraten.

Der Gestank des Schwafs stellte sie wie jedesmal auf eine harte Probe. Er reizte zur Übelkeit, und wenn diese Tiere nicht so hervorragende Beutespürer gewesen wären und den Skrekada einen Großteil der Arbeit abnahmen, dann hätte man sie nie gezähmt und in die Gemeinschaft der Jägernomaden aufgenommen.

So aber …

*Vorsicht!* signalisierte der Schwaf.

Firbo duckte sich noch enger an den Boden und begann, sich wie die einst instinktbeladenen Vorfahren ihres Volkes auf allen vier Beinen durch den Sand zu bewegen. Dabei drehte sie den Körper hin und her und spannte die Bauchmuskeln an, damit das Reiben ihres Körpers im Sand keine Geräusche erzeugte.

Als sie plötzlich anhielt, war die Zeit für die beiden Beutegreiferinnen gekommen. Termini und Likwide rannten an ihr vorbei durch den Sand und verschwanden hinter einer Bodenwelle.

Rianna rückte wie gewohnt zu Firbo auf. Sie warteten, bis die beiden Jägerinnen laut schnalzten. Schulter an Schulter tauchten sie aus dem Sand empor und spurteten zu den Gefährtinnen hinunter.

Firbo erschrak, und Rianna traute ihren Augen nicht.

Der Kalbrus war riesengroß, mindestens dreimal so groß wie ein ausgewachsenes Tier der herkömmlichen Art. Es wälzte sich im Sand. Vier der sechs Speere ragten aus seinem Rumpf und brachen nach und nach ab. Termini und Likwide rannten verwirrt und ziemlich ratlos um das Tier herum und versuchten, den Nacken zu treffen.

»Nicht zu zweit von einer Seite!« rief Rianna. Die beiden Beutegreiferinnen reagierten blitzschnell. Termini eilte zurück. Sie nahmen das mächtige Tier zwischen sich. Der Kalbrus wälzte sich noch immer hin und her, und endlich gelang es Termini, ihren letzten Speer im Nacken zu plazieren. Mit Wucht trieb sie die Waffe in das Fleisch des Kolosses. An der anderen Seite des Fleischberges stieß Likwide fast gleichzeitig zu und trieb den Speer durch das Auge tief ins Gehirn des Riesen.

Auf das letzte Zucken des Tieres warteten sie jedoch vergebens. Der Kalbrus wälzte sich weiter, und plötzlich kam er mitten im Schwung auf die Beine und senkte das dornenartige Gehörn.

»Schnell weg!« schrie Rianna. Sie riß die Steinschleuder aus dem Gürtel und legte einen ihrer winzigen Giftpfeile ein. Für den Notfall mußte es sein. Der Kalbrus war danach ungenießbar, aber das war immer noch besser, als von dem Monstrum zu Tode getrampelt zu werden.

Firbo reagierte sofort. Auch Termini rannte davon, so schnell es ihre Beine zuließen. Likwide machte einen Fehler. Sie wollte zu ihren Gefährtinnen, aber die befanden sich auf der anderen Seite des Tieres. Sie rannte an dem Kalbrus vorbei. Das Tier fuhr herum und stieß zu. Die Dornen spießten Likwide auf. Sie schrie wie besessen um Hilfe, aber es war zu spät. Das Ungeheuer schüttelte den Kopf hin und her, und die scharfen Kanten der

Dornen schnitten die Skrekada in zwanzig Teile auseinander. Das Schmerzgeschrei der Frau erstarb.

Der Boden erbebte, als der Kalbrus die Verfolgung aufnahm. Er legte mit einem einzigen Sprung fünfzig Schritte zurück und erschlug Termini unter seinen Hufen. Gleichzeitig warf er Firbo mit dem Gehörn zur Seite. Sie stürzte in den Sand und blieb reglos liegen.

Rianna war mit dem Ungeheuer allein. Sie hielt kurz an und zielte. Der Giftpfeil verließ die Schleuder und traf. Er steckte tief im Fell an der linken Schulter des Kalbrus. Sekunden vergingen, bis Rianna begriff, daß das Gift nicht wirkte. Rechts auf dem Dünenkamm saß der Schwaf und starrte sie verständnislos an.

Ein Gedanke durchzuckte die Jägerin. Wenn es ihr gelang, die Aufmerksamkeit des Monstrums auf den Schwaf zu lenken, reichte die Zeit, um sich zwischen die Felsen zu retten.

Noch immer erzitterte der Boden unter den gewaltigen Sprüngen des Riesen. Rianna spürte bereits den heißen Atem des Tieres in ihrem Nacken. Sie schlug einen Haken in Richtung des Schwafs, aber der Riesenkalbrus schnitt ihr den Weg ab und warf sich ihr entgegen. Rianna spürte einen Schlag an der rechten Schulter, verlor das Gleichgewicht und stürzte. Sechs gewaltige Stempel stanzten Löcher in ihren Körper und donnerten durch den Sand hinauf zum Dünenkamm.

Schwerverletzt blieb die Jägerin liegen und starrte aus dem einen, nicht vom Sand verdeckten Auge hinter dem Ungeheuer her. Droben auf der Düne verschwand der Kalbrus. Nur der Schwaf war noch da. Er saß jetzt rechts neben der tiefen Furche, die das Monstrum durch den Sand gezogen hatte.

»Geh ins Lager. Hol Hilfe!« ächzte Rianna und versuchte, die Schmerzen in ihrem Körper zu unterdrücken und den Zeitraum der Nervenlähmung zu verlängern. »Schnell, beeil dich. Geh zu Chierro!«

Der Schwaf rührte sich nicht. Er saß da und begann sich mit dem Stöckchen gegen den Kopf zu schlagen. Aus seinem zugenähten Maul drangen Laute, die Rianna an das dümmliche Lachen von Diliz erinnerten.

*Es kann nicht sein,* redete sie sich ein. *Es kann einfach nicht sein.*

Und doch hörte sie es genau. Der Schwaf lachte und machte keine Anstalten, ihrer Aufforderung Folge zu leisten.

Rianna verlor das Bewußtsein.

Vom hinteren Ende des Lagers her drang übler Geruch. Er zog zwischen den Zelten entlang und belästigte deren Bewohner. Skrekada rühmten sich keines besonders ausgeprägten Geruchssinns. Gewöhnlich verließen sie sich auf ihr Gehör, ihre Augen und die Schnelligkeit und Kraft ihres Körpers. Dieser Gestank aber war so penetrant, und er verbreitete sich so schnell, daß sie ihn nicht ignorieren konnten.

Chierro, der Anführer, schlug die lederne Tür zur Seite und schritt zur Mitte des Lagers hinüber. Hoch aufgerichtet und mit verschränkten Armen, nahm er die Witterung des Mißstandes auf. Ungewollt sträubten sich die Schuppen in seinem Nacken, und er rief seine beiden Leibwächter zu sich. Gemeinsam marschierten sie zum Vorratslager. Sie öffneten das erste Zelt und steckten die Köpfe hinein. Der Schwall aus Gestank und gefährlichen Keimen trieb sie rückwärts wieder hinaus.

Chierros Gedanken jagten sich. Verdorbene Waren bedeuteten eine Gefahr für den Stamm. Er stieß einen schrillen Pfiff aus. Hunderte von Skrekada eilten zum Platz mitten zwischen den Zelten. Manche krochen aus ihren Decken, unter denen sie irgendwo im Schatten geschlafen hatten. Ein Wirrwarr aus Armen, Beinen, Gewändern und hochgereckten Köpfen entstand.

Der Anführer preßte sich einen Lappen gegen die Nase und versuchte, auch die übrigen Zelte zu inspizieren. Mühsam stemmte er sich gegen den Gestank. Die beiden Wächter hielten sich vornehm zurück, während Chierro mit einem Stab in den Früchten stocherte.

»Es ist alles verdorben. Und voller Maden. Seht euch die Nüsse an. Wo hat es das schon gegeben, daß in jeder Nuß Dutzende von Würmern wühlen?«

Neben dem Ekel erfaßte ihn ein merkwürdiges Gefühl der Unsicherheit. Hektisch blickte er sich um, rechnete jeden Augenblick damit, einen Abgrund zu entdecken, in den er stürzen konnte. Schwankend verließ er das Zelt und rannte aus dem Lager hinaus bis zu den Dünen. Ein Schatten tauchte neben ihm auf – der Schwaf. Chierro ließ sich in den weißen, mehligen Sand sinken und kraulte den Stöberer hinter den Ohren. Der Schwaf gab ein leises Fiepen von sich und legte sich auf den Rücken, damit der Skrekada ihm das Bauchfell zerzauste.

»Du mußt dir heute dein Futter selbst suchen«, murmelte der Anführer der Nomaden. »Wir selbst werden ein paar Tage durchhalten. Das ist genug Zeit, um neue Vorräte anzulegen und das Lager an einem anderen Ort aufzuschlagen.«

Er starrte zum Himmel empor, als hoffe er dort etwas zu finden. Einen Schleier vielleicht, Regen oder kondensierte Luft oder einfach die Ursache für das, was geschehen war. Vorräte konnten nicht alle zum selben Zeitpunkt und vollständig verderben. Dazu unterschieden sie sich zu sehr voneinander. Das Fleisch des Kalbrus ließ sich leicht trocknen und auf lange Zeit konservieren, wenn man es mit Steinsalz einrieb. Die Beeren verschiedener Sträucher aus den nördlichen Teilen der Wüste beinhalteten neben Zucker auch Kalk, der isolierend und konservierend wirkte.

Chierro zog sein Messer aus dem Stiefelschaft und drehte den Kopf des Schwafs herum. Mit einer schnellen Bewegung zerschnitt er die Fäden, die das Maul des gefräßigen Tieres zusammenhielt.

»Heute abend wird dich niemand füttern. Geh! Such dir dein Futter selbst.«

Der Stöberer sah ihn aus großen Augen an, betastete vorsichtig sein Maul und zog an den Resten der Fäden. Dann sprang er auf und hetzte in weiten Sprüngen Richtung Wüste. Oben auf der Düne hielt er kurz inne. Ein Blick traf den Skrekada, der durchdringender nicht sein konnte. Instinktiv spürte Chierro, daß es ein Fehler gewesen war, den Schwaf freizugeben.

»Komm zurück«, befahl er. »Es ist Zeit zur Jagd.«

»Du spinnst«, klang es zu ihm herab. »Mich siehst du hier nie wieder.«

Ein kurzes Spiel mit den Ohren, dann verschwand der Schwaf endgültig.

Der Anführer der Nomaden ließ sich rückwärts in den Sand sinken.

*Der Geruch der Fäulnis macht mich krank,* dachte er. *Ich höre schon Stimmen, wo keine sind.*

Er sprang auf und eilte zum Mittelpunkt des Lagers. Trotz des Schocks bewegte er sich grazil und mit Würde. Ein leises Zischen aus seinem Mund, und das Tuscheln der Männer und Frauen verstummte. Seine energischen Kopfbewegungen unterbanden alle voreiligen Fragen. Chierro überragte seine Artgenossen um mindestens einen halben Kopf und hatte kein Problem, sich Respekt und Gehör zu verschaffen.

»Fragt mich nicht, was es zu bedeuten hat«, verkündete er. »Vielleicht ist es ein böser Zauber, der unsere Vorräte hat verderben lassen.«

Unruhe entstand. Die Skrekada gewöhnten sich in der Wüste schnell an neue Gegebenheiten. Aber daß ihre Vorräte von einem Augenblick auf den anderen ungenießbar sein sollten, das wollte ihnen nicht in den Kopf.

Der Anführer der Nomaden hielt sich nicht lange damit auf.

»Schwärmt aus!« befahl er den Frauen. »Setzt euch auf die Spur des Schwafs. Er wird euch zu den Kalbrus führen.«

In Vierergruppen machten sie sich auf den Weg.

Chierro versammelte die Männer um sich. Sie holten Körbe und Schaufeln, verhüllten ihre Gesichter und begannen, die Vorratszelte mit Sand aufzufüllen. Sie kämpften gegen den bestialischen Gestank an. Als sie es nicht mehr aushielten, zündeten sie die Zelte an. Dicke, schwarze Wolken stiegen auf und hingen stundenlang hoch über den Dünen, ehe Wind aufkam und sie nach Süden trieb, in Richtung des sagenhaften Ozeans, den kein Skrekada jemals erblickt hatte.

»Wir brechen das Lager ab und ziehen weiter, sobald die Jägerinnen zurückgekehrt sind«, eröffnete Chierro seinen Helfern. »Dies ist ein verfluchter Ort.«

Sie begannen, das Lager abzubrechen. Ein Teil der Männer machte sich auf in die Umgebung, um Beeren und Wurzeln zu sammeln. Den Kukusz gingen sie aus dem Weg, aber diesmal schien selbst das nichts zu nützen. Von den sechsundvierzig Skrekada kehrten nur achtunddreißig wieder zurück. Die übrigen blieben verschwunden.

Kurz vor dem Einbruch der Nacht versammelte Chierro den Stamm um sich. Die letzten Zelte und Stangen fielen, die Schlitten lagen bereit zum Aufbruch.

»Wir folgen der Spur der Jägerinnen. Haltet Kienspäne für die Nacht bereit.«

Mehr Worte bedurfte es nicht. Noch immer lag der

faulige Geruch der verdorbenen Lebensmittel über dem Lager. Der Rauch der verbrannten Zelte überdeckte ihn nur unzureichend.

Die Nomaden waren froh, den verfluchten Ort hinter sich zu lassen. Einer stieß einen Speer tief in den Sand und befestigte einen schwarzen Lappen daran zum Zeichen, daß die Senke zwischen den Dünen in Zukunft gemieden werden sollte.

Das Jenseits hatte sie sich immer anders vorgestellt. Nicht so hartkörnig und heiß. Etwas rieselte unablässig in ihr Gesicht und über ihre Arme. Sie glaubte, daß es sich um Wassertropfen aus dem Großen Brunnen der Ewigkeit handelte. Vor vielen Jahren hatte sie etwas über diesen Brunnen mit seinen sieben Stockwerken gelesen, aus dem der Nektar zur Erbauung der unsterblichen Seelen rann.

Auch jetzt rann etwas über ihre Haut, und Rianna blinzelte vorsichtig und stellte fest, daß die Helligkeit nicht so groß war, wie sie es sich vorgestellt hatte.

Der Kalbrus!

Sie riß die Augen auf und hob den Kopf. Stille umgab sie. Nur das feine Rieseln von Sand auf ihrer Haut war zu spüren. Rianna rollte sich auf die Seite und warf einen Blick auf ihren Körper. Sie vermißte den Schmerz, den die Hufe des Kalbrus in ihren Bauch und ihren Brustkorb gehämmert hatten.

Da war nichts. Kein Schmerz und keine Wunden.

Erschüttert richtete sie sich auf und rutschte ein Stück zur Seite. Sie fand kein Blut, keine abgerissenen Fetzen ihrer Lederkleidung – nichts.

»Es kann nicht sein!« Sie spuckte Sand aus und wischte mit den Unterarmen die Augen sauber. Ihr Blickfeld erweiterte sich ein wenig, aber noch immer vermißte sie die Spuren des zurückliegenden Kampfes.

Dem weißblauen Gestirn am Himmel nach zu urteilen, war wenig Zeit vergangen.

Nicht einmal tausend Atemzüge. Wenn sie es genaunahm, dann stand die Sonne immer noch an derselben Stelle wie zum Zeitpunkt, als sie den Angriff auf den Kalbrus eröffnet hatten.

Die Jägerin erhob sich und versuchte, einen Blick über den Dünenkamm zu erhaschen. Die tiefe Spur des Ungeheuers existierte ebensowenig wie die winzigen Abdrücke des Schwafs. Rianna empfand das alles zu Recht als unwirklich und unheimlich. Sie wünschte sich weit weg, aber kein Dschinn erhörte ihr Flehen. Statt dessen loderte die Hitze über dem Sand und machte ihr begreiflich, daß sie sterben würde, wenn sie noch länger an diesem Ort blieb.

Mit wackligen Schritten erklomm sie den Dünenkamm. Sie entdeckte die Felsen der einzigen Schattenspender. Von dem Kalbrus und den Überresten ihrer Gefährtinnen gab es keine Spur. Es war, als hätten sie nie existiert.

Erschüttert ließ sich Rianna zurück in den Sand sinken.

»Wenn ich das alles geträumt habe, wie bin ich dann hierher gekommen? Im Schlaf?«

Fast erschien es ihr so. Noch immer fassungslos betastete sie sich, strich über den weichen Bauch und prüfte den Sitz jeder einzelnen Schuppe ihres Körpers. Nicht einmal der Kopf wies eine Schramme auf.

Sie rief die Namen der drei Artgenossinnen. Und sie pfiff dem Schwaf, der irgendwo in der Nähe sein mußte.

Der lachende Schwaf.

Sie erhielt keine Antwort.

»Es ist ein Alptraum. Ich habe einen Alptraum. Oder ich bin im Fieber und liege in Wahrheit tödlich verletzt an der Stelle, an der das Tier mich überrannt hat.«

Noch immer halb betäubt, wankte sie durch den Sand, hielt auf die Felsen zu und ließ sich in ihrem kühlen Schatten nieder. Ihr Körper gab die übermäßige Hitze an die Umgebung ab, und die Gedanken der Skrekada klärten sich.

Es gab fiebrige Erkrankungen, in denen das Bewußtsein Dinge arrangierte, an die sich der Kranke später nicht erinnern konnte. Wenn es sich tatsächlich so verhielt, dann fragte sie sich, warum niemand im Lager sie davon abgehalten hatte, blindlings in die Einöde zu laufen. Die Wächter rund um das Lager schliefen nie.

Der riesige Kalbrus – gewiß gehörte er zu ihrem Fiebertraum. Wie alles andere auch.

Rianna kroch noch weiter zwischen die Felsen und genoß die Kühle. Sie blieb, bis sie das Gefühl hatte, daß ihr Körper bereits zuviel Wärme abgegeben hatte. Dann machte sie sich auf den Rückweg zum Lager. Von den Felsen aus folgte sie der Senke zwischen den Dünen, hielt sich abseits der Kukusz und marschierte in die Richtung, in der ihr Schatten zeigte. Die Entfernung zum Lager betrug höchstens viertausend Schritte.

Nach fünftausend Schritten blieb sie auf einem Dünenkamm stehen. Es konnte nicht sein. Von der Entfernung her mußte sie das Lager längst hinter sich gelassen haben.

»Ich bin vom Weg abgekommen«, flüsterte sie. »Das ist mir noch nie passiert.«

Sie wandte sich um und suchte den Horizont ab.

Und entdeckte den Schwaf. Er hockte keine hundert Schritte entfernt im Sand und sah ihr interessiert zu.

»Komm her!« rief sie. »Ich brauche dich.«

Der Schwaf grunzte und tippte sich wieder mit dem Stöckchen an den Kopf. Sein meckerndes Lachen ging Rianna durch Mark und Bein. Sie wollte weglaufen, aber dann siegte ihr Zorn. So schnell es ihre Beine zuließen, rannte sie auf den Unhold zu. Der Stöberer stellte sein Lachen ein und stocherte mit dem Stöckchen im Sand herum. Als sie ihn erreichte, hob er den Kopf und öffnete das Maul. Es war nicht zugenäht. Sie konnte auch keinen Faden im Fleisch erkennen. Diesen Schwaf hatte noch nie jemand zur Jagd benutzt. Aber er trug das Stöckchen.

Blitzschnell entriß sie es ihm. Die eingeritzten Zeichen wiesen es als Eigentum von Chierro aus, dem Anführer des Lagers. Der Schwaf stellte sich empört auf die Hinterbeine und zeigte seine Fangzähne. Die Jägerin drohte ihm mit dem Stöckchen.

»Zurück zum Lager!« befahl sie. »Und mach keine Dummheiten. Sonst ziehe ich dir eigenhändig das Fell über die Ohren!«

Gehorsam trottete das Tier vor ihr her. Es wandte sich nach rechts, und nach weniger als dreihundert Schritten sah Rianna plötzlich das Lager vor sich. Reges Treiben herrschte. Bunte Gewänder wogten vor und hinter den Tischen und zauberten eine Vielfalt an Farben herbei, die es sonst nicht gab. Laute Rufe erklangen, und dazwischen hörte sie das leise Flüstern der Schacherer aus den entfernten Bergsiedlungen.

»Es ist Markttag«, stellte sie verblüfft fest. »Aber das kann nicht sein. Markt ist zu einer gänzlich anderen Jahreszeit.«

Sie überholte den Schwaf und rannte auf das Lager zu. Den erstbesten Skrekada, der ihr begegnete, hielt sie fest.

»Welchen Tag haben wir?« schrie sie ihn an.

Er maß sie mit einer Körperhaltung aus Verständnislosigkeit und Belustigung.

»Warum fragst du? Wir haben den dreiunddrittigsten Sophar.«

»O nein!« Sie ließ ihn los. Schwankend tappte sie weiter. Wenn er nicht gelogen hatte, dann fehlte in ihrer Erinnerung fast ein halbes Jahr.

Eine feuchte Schnauze berührte sie am Fuß. Es war der Schwaf.

»Du solltest dir nichts dabei denken«, knurrte er. »Wir alle sind in dieser Zeit ein bißchen verrückt.«

Rianna fuhr herum und nahm Reißaus.

## 2. Ianno

Ein Bote holte ihn unter seinen Lieblingskissen hervor. Er hieß Geffra Geffrach und wohnte zwei Stege weiter.

»Schnell!« rief er. Die Erklärung, wie er in die verschlossene Wohnung gekommen war, blieb er ihm schuldig. Er riß ihn empor und zog ihn hinaus ins Freie. Ungestüm schob er ihn vor sich her über den Steg zum Dach des Nachbargebäudes, wo die Gondel in ihrer halb verrosteten Halterung hing.

»Willst du mir nicht wenigstens erklären …«, begann Ianno, aber der andere schnitt ihm das Wort ab.

»Keine Zeit. Los, los. Rein in das Ding.«

Ianno Iannod taumelte durch die offene Tür. Die Gondel begann zu schwanken, und er beeilte sich, in die Mitte zu kommen, um die Balance zu halten. Der Bote konnte von Glück reden, daß Ianno ihn kannte. Andernfalls hätte er sich der Entführung widersetzt.

Geffrach legte den Hebel um und brach ihn fast ab dabei. Die Bremsbacken lösten sich, und die Gondel begann am Stahlseil entlangzurutschen. Immer schneller sauste sie dem tiefsten Punkt des durchhängenden Seils entgegen, passierte ihn mit quietschenden und qualmenden Rollen und jagte aufwärts zum gegenüber liegenden Haltepunkt, gut zwanzig Häuser vom Ausgangsort entfernt.

»Bremsen!« schrie der Energietechniker. »So brems doch endlich!«

Buchstäblich im letzten Augenblick legte Geffra Geffrach den Hebel um und nahm der Gondel einen Teil ihrer Fahrt. Sie verringerte ihre Geschwindigkeit um die Hälfte, war aber immer noch schnell genug, um droben an der Empfangsstation zu zerschellen.

Ianno seufzte leise. Zu schnell war ebenso schlecht wie zu langsam. Wenn die Gondel nicht mehr genug

Schwung hatte, um bis ans Ziel hinaufzugleiten, dann rollte sie rückwärts und blieb am tiefsten Punkt der Strecke hängen. Dann mußte eine Ankerrolle aufgesetzt werden, die ein Bündel Stahlseile ankoppelte und die Gondel zurück zur Ausgangsstation zog.

Früher hatte es solche Pannen fast jeden Tag gegeben. Nur wenige, vor allem junge Skrekada verstanden sich im reibungslosen Umgang mit dem Gefährt in luftiger Höhe.

Da die Gondel wegen ihrer Baufälligkeit nur noch selten benutzt wurden, machte sich längst keiner mehr darüber Gedanken. Wider Erwarten dosierte der Bote den Restschwung auf den Meter genau. Die Gondel glitt aufwärts und bremste weiter ab. Die letzten zehn Schritte schien sie reglos in der Luft zu hängen, aber noch immer wuchs der dicke Gummipuffer vor dem Fenster an.

»Festhalten«, murmelte Geffrach und klammerte sich an die Tür.

Es gab einen heftigen Ruck, als die Gondel gegen den Puffer schlug. Dann rasteten die Halteklammern ein. Der Bote riß die Tür auf, packte Ianno und schubste ihn in Richtung Aufzug. Der Skrekada blieb ratlos an der dreißig Knöpfe umfassenden Signalleiste stehen.

»Wohin?«

»Ganz runter. In die Katakomben. Das ist der schnellste Weg zum Ziel.«

Die Katakomben. Dort arbeitete sein Vater zur Zeit.

Der Aufzug raste mit der gewohnten Ruppigkeit in die Tiefe. Iannos Magen begann zu drücken und vertiefte das Gefühl in ihm, das etwas Schreckliches passiert sein mußte. Blitzartig fuhr er herum, packte Geffra an den Schultern und schüttelte ihn.

»Was ist mit meinem Vater?« schrie er ihn an. »Warum sagst du es mir nicht?«

»Weil ich nichts weiß. Es ist etwas passiert, und man hat mich verständigt, daß ich dich so schnell wie möglich an den Ort des Geschehens bringen soll.«

Mit einem heftigen Ruck und dem Kreischen von Metall kam der Aufzug endlich zum Stehen. Ianno Iannods Magen fiel wie ein nasser Sack nach unten. Der Bote entriegelte die Tür und schob den jungen Skrekada hinaus zum nächsten Wandschrank.

»Nimm dir einen der Schutzanzüge! Verschließe ihn gut.«

Ianno gehorchte wie betäubt. In seinem Kopf schien sich mit einemmal alles zu drehen. Mit zitternden Fingern nestelte er am Verschluß des Schrankes und bekam ihn nicht auf.

»Hilf mir bitte.« Seine Stimme klang rauchig und kam ihm fremd vor.

Geffra Geffrach stieß ihn zur Seite und zog die Schranktür auf. »Hier. Beeil dich!«

Wenn sein Begleiter nicht gewesen wäre, hätte er es vermutlich nie geschafft. Geffrach kümmerte sich um die Verschlüsse und prüfte, ob der Helm mit der verdunkelten Sichtscheibe richtig saß.

»Los jetzt.« Er rannte den Korridor entlang bis zur einzigen Tür. Sie führte in die Katakomben, eine althergebrachte Bezeichnung für die unterirdisch angeordneten technischen Anlagen Solarissos. Hier, unter den Gebäuden und Straßen existierte all das, was die Stadt und das Umland am Leben erhielt und dafür sorgte, daß die Bewohner einen absoluten Schutz vor der tödlichen Hölle draußen genossen. Ohne diese Anlagen hätte kein Skrekada länger als ein paar Stunden überlebt.

Ianno stolperte durch halbwegs beleuchtete Gänge hinter dem Boten des Unheils her. Die Gelenke seiner Arme und Beine fühlten sich schwammig an, er lief wie auf rohen Eiern. Die Metalltreppen fiel er mehr hinunter als er ging. Wieder ein Korridor, eine Halle, dann eine hohe Sicherheitsschleuse mit drei Metalltüren und einer Dekontaminierung.

Ganz in der Nähe wummerten Maschinenanlagen. Hier unten schlug das Herz Solarissos seinen ungewohnten Takt.

Und dann entdeckte Ianno plötzlich bläulichen Qualm, der aus den Ritzen einer Tür drang. Er hörte das Gemurmel von Stimmen, dazwischen laute Rufe und das blechernde Akustikorgan eines Roboters.

Automatisch beschleunigte der junge Skrekada seine Schritte. Die Tür klemmte, und es bedurfte großer Kraftanstrengung, sie auch nur einen Spalt zu öffnen.

»Macht schnell!« rief es von drinnen. »Die Absauganlagen kommen nicht nach, die giftigen Dämpfe zu absorbieren.«

Gemeinsam stemmten die beiden die Tür auf und zwängten sich hindurch. Andere Skrekada schlossen sie umgehend wieder.

»Dort vorn ist es.« Einer deutete zwischen den Maschinen entlang.

Voll von düsteren Ahnungen rannte Ianno Iannod los. Die Männer und Frauen in ihren Schutzanzügen beachtete er nicht. Ihre Gesichter ließen sich hinter den dunklen Helmscheiben sowieso kaum erkennen.

Keiner kam mit ihm. Keiner hielt ihn zurück oder rief ihm etwas nach. Sie ließen ihn gehen, so als wüßten sie genau, daß er in sein Verderben rannte. Ihre Gespräche verstummten, und Ianno Iannod fühlte sich übergangslos allein in einer riesigen Maschinenwelt. Kälte und Leblosigkeit empfingen ihn, über die auch das beharrliche Summen und Wummern aus den eckigen und bis zur Decke reichenden Kästen nicht hinwegtäuschen konnte. Das Metall links und rechts krümmte sich scheinbar und fügte sich zu einem Tunnel zusammen, durch den er mit hektischen Schritten rannte.

Der Weg wollte kein Ende nehmen, und der Skrekada verlor jegliches Zeitgefühl. Wieviel Zeit war schon vergangen? Stunden? Tage? Vor ihm türmten sich bizarre Berge, umwogt von rauchigen Schwaden.

Ianno bremste mitten im Lauf. Er schwankte und stützte sich an der Wand ab. Sie war verdammt heiß und versengte die Handschuhe seines Anzugs. Aber das störte ihn nicht. Andere Dinge nahmen seine Aufmerksamkeit in Anspruch.

Ein Teil der Anlage mußte explodiert sein. Die Hitzeentfaltung hatte das Metall zum Schmelzen gebracht. Vermutlich war auch gefährliche Strahlung ausgetreten. Und das ausgerechnet an diesem Ort.

Ianno zuckte zusammen. Mitten in den erkaltenden und rauchenden Trümmern entdeckte er eine Gestalt.

»Vater!«

Ohne auf die Beschaffenheit des Untergrunds zu achten, stieg er über die Reste der Maschinen hinweg. Mit den Handschuhen räumte er ein paar kleinere Teile zur Seite, dann sank er neben der reglosen Gestalt zu Boden.

Ja, er war es. Sein Körper wies unzählige Wunden auf, und sein Gesicht erinnerte nur unzureichend an früher. Die Haut hatte sich abgelöst, verbranntes Fleisch bildete häßliche Klumpen.

»Vater!«

»Ianno!« verstand er undeutlich. »Du bist da. Ich habe auf dich gewartet. Jetzt ist alles gut.«

»Ja, es ist alles gut. Keine Sorge. Die Ärzte sind gleich da. Halte durch.«

Er schloß die Augen, um den Schwerverletzten nicht ansehen zu müssen. Der Tod schickte sich an, ihm nun auch seinen Vater zu nehmen, drei Jahre, nachdem Rella von einer der Brücken in die Tiefe gestürzt war.

»Sie können mir nicht helfen. Hör mir gut zu, Ianno.«

Der junge Mann beugte sich zu dem Sterbenden hinunter und brachte den Helm dicht an den Mund des Vaters.

»Es war kein Zufall«, hauchte der Skrekada. »Er wollte mich loswerden. Ich bin zu tief in seine Geheimnisse eingedrungen. Immer habe ich gegen das Ende des Projekts gekämpft. Und ich habe Erfolg gehabt. Doch ich erfuhr auch viel über die eigentlichen Hintergründe. Zuviel. Höre, Sohn. Die Störungen in den Programmen der Stadt sind vielfältig und schwierig zu erkennen. Tu alles, damit sie beseitigt werden!«

Bisher hatte die Stimme des Sterbenden fest und deutlich geklungen. Seine letzten Worte jedoch kamen nur noch stockend und kaum verständlich hervor.

»Halte ... dich ... von ... ihm ... fern – meide Solarisso!«

Der Kopf fiel zur Seite. Ein letztes, krampfartiges Zucken ging durch den Körper, dann lag er still.

Schleppend langsam erhob Ianno sich. Er taumelte über die Trümmer zurück zu den anderen, die in respektvoller Entfernung gewartet hatten.

»Es ist vorbei«, machte er ihnen begreiflich. »Mein Vater hat Solarisso verlassen und befindet sich jetzt in einer besseren Welt. Danke, daß ihr mich so schnell geholt habt. Dank auch dir, Geffra Geffrach, daß du dir solche Mühe gegeben hast.«

Einer der Skrekada trat vor und berührte seine Schulter. Das Emblem auf dem Schutzanzug wies ihn als den Technischen Leiter dieser Sektion aus.

»Du sollst seine Nachfolge antreten, Ianno. Dein Vater wollte es. Deine Ausbildung ist abgeschlossen. Es wird Zeit, daß du deine Aufgabe erhältst, die deiner würdig ist.«

»Mein Vater wollte es wirklich?« Ianno Iannod zweifelte, ohne genau zu wissen, warum.

»Nun, er hat oft davon gesprochen. In letzter Zeit allerdings nicht mehr. Aber es ist auch der Wunsch Solarissos, daß du die Aufgabe deines Vaters übernimmst.«

»Vielleicht ...«, wich er aus. »Ich kann es noch nicht sagen. Zuerst muß ich mein Leben wieder in Ordnung bringen. Und zudem habe ich eine Beschäftigung.«

»Du hast vollkommen recht. Wir wünschen dir Glück, Ianno.«

Wie im Traum ging er davon und wußte hinterher nicht zu sagen, wie er in die Wohnung hoch oben über den Straßenschluchten gelangt war. Er warf sich in eine der gepolsterten Zimmerecken und versank in dumpfes Brüten. Tage und Nächte verbrachte er so, und inzwischen war die Leiche seines Vaters längst einem der Trauerkonverter übergeben worden. Diese verwandelten die Körper der Toten in Energie, die den Heizkraftwerken zufloß. Auf diese Weise gab jeder am Ende seines Lebens ein klein wenig von dem an die Stadt zurück, was er zuvor erhalten hatte.

Ianno jedoch überließ sich seinem Schmerz und seiner Einsamkeit und rang sich erst viel später zu einem Entschluß durch.

Das Licht flackerte. Es signalisierte winzige Unterbrechungen in der Stromversorgung. Nicht genug, um die Lampen endgültig zum Erlöschen zu bringen, aber immer soviel, daß der ständige Wechsel von Hell und Dunkel die Männer und Frauen nervös machte.

Frijja Frijjadh, die Schichtleiterin, sah es sich eine Weile an, dann traf sie ihre Entscheidung.

»Kapazität zurückfahren«, ordnete sie an. »Sichert alle Programme. Wer weiß, wie lange es noch dauert, bis die Systeme abstürzen.«

Das Summen in der Halle nahm ein wenig ab. Die altersschwachen Bildschirme wechselten mit heftigen Lichtblitzen in den Sparmodus. Es begann nach Ozon zu riechen.

Entschlossen verließ Frijja ihr Terminal und machte sich auf zum Kommunikationsanschluß. Sie riß die Kontaktkeule aus der Wandhalterung und bellte ein paar harte Worte in das Gitter, hinter dem sich das Mikrofon befand.

»Sektor achtundneunzig«, sagte sie laut. »Wie sollen wir arbeiten, wenn das Licht flackert? Vermutlich bleiben auch die Terminals nicht mehr lange aktiv.«

»Tut uns leid«, antwortete eine ihr unbekannte Stimme. »Wir versuchen, den Schaden zu lokalisieren. Es wird dauern.«

»Wie lange?«

Die Stimme hielt Rücksprache mit einer weiteren Person.

»Möglicherweise bis morgen. Wir schicken einen unserer fähigsten Mitarbeiter auf die Suche.«

»Beeilt euch. Wenn uns die Terminals absaufen, gibt es morgen in der ganzen Stadt keine Getränke. Die Logistik ist eine der wichtigsten Voraussetzungen für unsere Existenz überhaupt.«

»Ja, wir wissen das. Wir können es aber nicht ändern. Versucht, irgendwo in der nördlichen Peripherie einen Speicher zu organisieren. Die Dinger versorgen euch bis zu vier Stunden lang mit Energie, ehe sie wieder aufgeladen werden müssen.«

»Du hast vielleicht eine Ahnung. Seit Jahren stehen wir auf der Warteliste. Rohstoffe sind bekanntlich knapp, und ohne das Umland wären wir bereits verhungert. Es wird Zeit, daß ich wieder in meine Schlafkammer komme. Dann muß ich dieses Elend wenigstens nicht mitansehen.«

»Und du wachst vielleicht nie mehr auf, weil dir irgendeiner aus Versehen den Energiehahn zudreht.«

Das saß. Mit nichts konnte man Frijja Frijjadh mehr reizen als mit einer derartigen Drohung.

»Du läufst mir irgendwann auch noch über den Weg. Und dann unterhalten wir uns, wie es sich gehört.«

»Warum so aggressiv? Solche Empfindungen sind in unserem Volk doch längst ausgestorben.«

»Ausnahmen bestätigen die Regel. Am besten machst du dich unsichtbar. Ich kann mir Stimmen besonders gut merken.«

»Unsere Sprechstelle hat mehrere Defekte. Meine Stimme klingt in Wirklichkeit ganz anders.«

»Muß wohl Absicht sein. Wann also?«

»Was meinst du?«

»Wann hört das Flackern endlich auf?«

»Keine Ahnung.«

»Ich werde dich für eine Wüstenwanderung vorschlagen!«

Die Wüstenwanderung zählte zu den beliebtesten Scherzen im Reich der Skrekada. Je nach Anlaß konnte man sich darüber freuen oder nicht.

Diesmal nicht. Ihr unbekannter Gesprächspartner bekam einen Wutanfall, und Frijja hängte die Keule an ihren Bügel zurück, ehe sich der andere völlig bloßstellte.

Sie wandte sich an Bosch Boscholl, den in Ehren ergrauten Funker ihrer Gruppe.

»Keine Nachricht aus den Gewölben? Wie weit sind sie dort mit dem Abfüllen?«

»Ich versuche es schon die ganze Zeit. Denen sind wohl endgültig die Batterien ausgegangen. Ich werde zu Fuß gehen müssen, wenn ich eine Antwort will.«

»Das erledige ich schon. Ruhe dich aus.«

Sie warf einen letzten Blick in die Runde und stürmte hinaus. Draußen brannten die Lampen ruhig und verbreiteten Beschaulichkeit. Die Strecke bis zum Tunnel legte Frijja in Rekordzeit zurück. Dann aber wurde es dunkel. Sie mußte sich vorwärtstasten und schimpfte mit sich, weil sie keine Batterielampe mitgenommen hatte. Als sie endlich die Gewölbe westlich des achten Kraftwerkes erreichte, hatte sie über eine Stunde Zeit verloren. Halb blind vor Ärger und vor Dunkelheit tappte sie durch eine Tür und wäre beinahe in die Tiefe gestürzt. An der metallenen Treppe fehlte das Geländer. Mühsam kämpfte sie mit dem Gleichgewicht und schrammte mit den Krallen ihrer linken Hand über die kahlen Wandbausteine. Es rettete ihr das Leben. Andernfalls wäre sie drunten in eines der Mahlwerke geraten, in denen erfahrene Spezialisten aus Wasser und Pflanzenextrakt ein leckeres Getränk zubereiteten. Schon beim Gedanken an den Jobba bekam Frijja Frijjadh eine feuchte Nase.

Außer den Mahlwerken standen alle Maschinen still. In großen Kesseln gärte der Saft vor sich hin, weil aus den Leitungen kein Wasser mehr kam. Die Abfüllanlagen ruhten und erzeugten keine Arbeitswärme. Auf Grund der hohen Feuchtigkeit in den Gewölben setzten sie innerhalb von Stunden Rost an. Und das ging wieder auf Kosten der Hygiene.

Die Arbeiter waren vermutlich nach Hause gegangen. Auf jeden Fall traf die Schichtleiterin keinen von ihnen an. Sie machte sich mißmutig auf den Rückweg. Im Korridor von Sektor achtundneunzig lagen Metallplatten. Offensichtlich war ein Teil der Wandverkleidungen heruntergefallen. Bei näherem Hinsehen allerdings erkannte Frijja Frijjadh, daß jemand sie absichtlich entfernt hatte. Sie vernahm leises Gemurmel und strengte ihr Gehör an.

Nein, die Stimme klang nicht nach dem Tyrann, mit dem sie sich unterhalten hatte. Sie sah ein paar Beine in einem dunkelgrauen Overall, die halb aus der Wand ragten. Metall klapperte, und jetzt fing der Kerl auch noch an, ein Lied zu summen.

»Vielleicht wird das bald«, zischte sie. »Das sind ja keine Zustände.«

»Hallo!« klang es ihr entgegen. Die Beine verschwanden, dafür tauchte der Oberkörper des Skrekada auf. Kopfüber hing er zwischen den Kabelsträngen. Links und rechts am Mund ragten zwei Schraubenzieher heraus. »Es sind Dauerzustände, wie du sicher weißt.«

»Ja, ja, natürlich«, wiegelte sie ab. Der Kerl, der verkehrt herum aus der Wand hing, war ein junger Spund, noch nicht einmal richtig erwachsen. »Hat dich das Reparaturbüro geschickt?«

»Ja klar. Ich bin Ianno Iannod, der Energietechniker. Wenn du mich nicht störst, dann kann ich es bis heute Abend schaffen. Sieh mal her!« Er packte eines der Kabel und zerbröselte es zwischen den Krallen. »Uralte Wertarbeit. Stammt aus der Zeit vor der Überbevölkerung und der Errichtung der Kammern durch Solarisso den Ersten, als unsere Vorfahren die Stadt erbaut haben. Wir sehen uns später noch. Du mußt mir den Laufzettel unterschreiben.«

»Natürlich.«

Hastig verschwand sie in der Halle. Noch immer flackerte die Beleuchtung. Frijja Frijjadh ließ sich in ihren Sessel fallen.

»Gebt euch keinen Hoffnungen hin«, sagte sie. »Da draußen arbeitet ein Jüngling, der vermutlich gerade mit der Schule fertig geworden ist. Die Chancen, daß sich unsere Lage in absehbarer Zeit ändert, stehen ziemlich schlecht.«

Eine knappe Stunde später hörte das Flackern auf. Die Terminal wechselten automatisch vom Stand-by-Modus in den Normalbetrieb über.

Frijja Frijjadh saß über ihr Terminal gebeugt da und konnte es nicht fassen. Als sie endlich aufsprang und hinauseilte, da hatte der Energietechniker die Wandplatten bereits montiert. Er streckte ihr den Laufzettel hin, und sie setzte ihr Namenszeichen darunter. Jeder Schnörkel eine Generation. Er bedankte sich höflich, und sie starrte ihm fassungslos nach, wie er ungestüm davonhüpfte und gar nicht tat, als sei er sich seiner Leistung bewußt.

Bosch Boscholl tauchte neben ihr auf.

»Ianno Iannod heißt er«, sagte sie leise zu ihm. »Wir sollten uns seinen Namen merken.«

Die Automaten empfingen ihn mit der üblichen Geräuschkulisse. In der Luft lag ein Sirren und Summen, und hinter den metallenen Wänden schienen fremdartige Musikinstrumente ununterbrochen ein und dasselbe Lied zu spielen. Dazu gesellte sich in gleichmäßigem Abstand ein leichtes, elektrostatisches Knistern aus den Energieabgleichern.

Durch das Öffnen der Tür entstand ein leichter Luftzug. Er blies Staub von den hohen Aggregatschränken herunter und verteilte sich gleichmäßig in der Luft.

Ferenc Ferenczy und Benk Benkro hoben leicht ihre Köpfe zum Zeichen, daß sie sein Eintreffen bemerkt hatten.

Alles war wie jeden Morgen, und doch stimmte etwas nicht. Ianno ließ seine Augen schweifen und verglich auch den winzigsten Gegenstand mit dem, was sich in seiner Erinnerung befand. Er kam nicht darauf und blieb eine Weile ratlos stehen. Irgendwann richtete Benk sich auf und musterte ihn mit einem spöttischen Funkeln in den Augen.

»Gib dir keine Mühe! Wir haben fast tausend Atemzüge benötigt, um es zu entdecken.«

Die Worte sollten wohl so etwas wie ein Trost ein, und Ianno erinnerte sich an viele solcher Situationen, aus denen er herauslas, daß sie ihn wegen seiner Jugend als unerfahren einstuften und daher mit mehr als der üblichen Rücksicht behandelten. Aber er wollte das nicht. Es fiel ihm verdammt schwer, es ihnen auf irgendeine Weise klarzumachen. Bisher war ihm nichts Gescheites eingefallen.

Langsam und scheinbar in Gedanken versunken, schritt er an den Aufbauten entlang und versuchte, das Problem intuitiv zu bewältigen.

Benk setzte zum Sprechen an.

»Es ist ...«

»Nein, bitte nicht«, wehrte er ab. »Ich will das selbst herausfinden.«

Dreimal schritt er durch den Raum, und dann sah er es plötzlich. Eine der Zusatzkonsolen ragte ein wenig weiter in den Gang hinein als bisher. Er betrachtete sie aus mehreren Blickwinkeln heraus. Benk Benkro fiel aus allen Wolken.

»Er hat es. Bei der Allmacht. Ferenc, er hat es gefunden!«

»Die Eingabetastatur ist dieselbe geblieben«, murmelte Ianno. »Abgenutzt wie eh und je. Nur der Abstand der vorderen Abdeckwand zu ihr hat sich vergrößert. Wenig zwar, aber immerhin. Jemand hat eine Änderung vorgenommen.«

Er suchte seinen Platz auf und ließ sich in den Sessel sinken. Das alte Modell mit den durchgewetzten Bezügen und den lahmen Polstern quietschte. Nacheinander schaute er die beiden Skrekada an.

»Wir haben keine Informationen«, beeilte sich Benk zu sagen. »Wir sind ebenso überrascht wie du.«

Die beiden Männer bewegten sich unruhig in ihren Sitzen.

»Es gibt nur einen, der überall Zugang hat und den kein Sicherheitsschloß zurückhält«, fügte Ferenc Ferenczy leise hinzu. »Er besitzt keine Helfer oder zumindest keine, die wir kennen, von den Robotern einmal abgesehen. Niemand weiß, wie er aussieht, ob er jung ist oder schon ziemlich alt. In schlimmen Situationen wie beim tragischen Erwachen der ersten Schläfer greift er ein und schickt seine persönliche, grün schimmernde Leibgarde in den Einsatz.«

»Solarisso persönlich«, fügte Benk Benkro hinzu. »Allerdings ist kaum anzunehmen, daß er seine Nächte mit dem Einbau von Zusatzteilen in irgendwelche untergeordneten Maschinen verbringt.«

»Warum eigentlich nicht?« Die unbefangene Frage des jungen Mannes brachte die beiden älteren Skrekada aus dem Konzept.

»Unsinn, Ianno.« Benk hustete vor Empörung. Ferenc trommelte mit seinen Krallen einen nervtötenden Wirbel auf eine Blechabdeckung.

»Kein Unsinn. Niemand kennt Solarisso. Also können wir keinerlei Aussagen über ihn machen.«

Ianno Iannod schwieg und tat dadurch kund, daß er nicht gewillt war, sich weiter mit diesem Thema zu befassen. Wenigstens nicht mit ihnen. Tief in seinem Innern gärte etwas, und es brauchte Zeit. Er aktivierte sein Terminal und rief die Protokolle der einzelnen Sektoren auf, die ihm unterstanden. Insgesamt untergliederte sich das Reparaturbüro in sechzehn Abteilungen, und Ianno gehörte zur elften. Eine Staffelung nach Wichtigkeit gab es nicht. Die Büros befanden sich sternförmig über die Stadt verteilt, um die Wege zu den auftretenden Defekten so kurz wie möglich zu halten.

Das Terminal meldete siebzehn Schäden. Die Skrekada vor Ort hatten sie behoben, so daß sich ein Einsatz des Büros erübrigte.

Iannos Gedanken kehrten zu den Entdeckungen zurück. Jemand war in der Nacht dagewesen und hatte eine Veränderung vorgenommen. Die Erweiterung der Konsole bedeutete etwas. Das wußten sie alle drei. Und jeder gab sich eine andere Antwort darauf.

Der Skrekada zögerte mit einer abschließenden Würdigung. Er wollte warten, bis seine Schicht vorbei war und er in die kleine Wohnung ganz in der Nähe zurückkehrte. Die Verwaltung hatte sie ihm zugewiesen. Als Einzelperson in einer Familienwohnung wäre er sich merkwürdig vorgekommen, denn er wollte nicht die Einsamkeit dieser Wände spüren, zwischen denen er ein harmonisches Familienleben genossen hatte.

Die Zeit bis zum Ende der Schicht verging schleppend langsam. Immer wieder ertappte sich der Energietechniker dabei, daß er einen argwöhnischen Blick in Richtung der Konsole warf. Aber dort veränderte sich nichts. Und es gab keinen ernsthaften Störfall an diesem Vormittag, der die Aktivierung der Zusatzkonsole erforderlich gemacht hätte. Er saß seine Stunden ab und befaßte sich mit einer Statistik über die Häufigkeit von technischen Defekten in bestimmten Sektoren der Stadt.

Manche Schäden häuften sich abhängig von der Tageszeit. Andere traten immer weniger auf, weil die Skrekada entsprechend reagierten und die Technik weiterentwickelten.

Das eigentliche Problem schwelte irgendwo unter der Oberfläche und trat nicht sichtbar zu Tage. Gewaltige Programme steuerten den Energiekreislauf, die zu einem Netzwerk aus Automaten gehörten. Die Stadt atmete und lebte in ihrem Rhythmus. Immer häufiger schlichen sich seit jenem Unglück mit den Rückkehrern Fehler ein.

Und es blieb nicht bei diesen täglichen Ausfällen wie

etwa Schwierigkeiten mit der Energieversorgung. Irgendwo stürzte ein Aufzug ab oder implodierte ein Gebäude. Natürlich handelte es sich um Einzelfälle, aber ihre Häufigkeit stieg entgegengesetzt proportional zur sinkenden Quote der Banaldefekte.

Vor lauter Brüten um diese Dinge versäumte Ianno beinahe den Schichtwechsel. Benk versetzte ihm einen leichten Stoß gegen die Rippen und holte ihn in die Wirklichkeit zurück.

»Du warst heute ausgesprochen schweigsam«, meinte er. Täuschte Ianno sich, oder klang leiser Tadel aus den Worten?

»Ja, ja. Bis morgen dann.«

Er hetzte regelrecht zurück in seine kleine Wohnung und warf sich in eine der Ecken.

»Schade, daß du mir keinen Ratschlag mehr geben kannst«, sagte er die Richtung des Hologramms seines verstorbenen Vaters. »Du hast mich gewarnt. Aber auch ermuntert. Wie soll ich den Widerspruch auflösen? Du hast mir das Vermächtnis hinterlassen, an deiner Stelle gegen die schleichende Selbstzerstörung der Stadt zu kämpfen. Ja, so habe ich es verstanden. Ich weiß nicht, was schiefgelaufen ist und wer was falschgemacht hat. Du meinst, daß jemand die Fehler finden und beheben kann. Jemand wie ich. Doch wie stellst du dir das vor? Du führst deinen Tod darauf zurück, daß du zuviel Einblick in Solarissos Geheimnisse gewonnen hast. Davor soll ich mich hüten. Gut, ich werde das tun. Doch wo ist die Grenze? Was ist Arbeit, und was Neugier? Beides läßt sich nicht trennen.«

Er rutschte in Richtung des Hologramms von Rella. Aber auch sie schwieg und schaute nur gütig und freundlich auf ihn herab.

Die halbe Nacht zermarterte er sich das Gehirn darüber. Am Morgen wachte er gerädert und müde auf, nahm eine Sandmassage und tauchte völlig unbeabsichtigt als erster am Arbeitsplatz auf.

An der veränderten Konsole blinkte ein blaues Licht.

»Ianno Iannod, komm zu mir«, vernahm er eine freundliche Stimme, die er noch nie in seinem Leben gehört hatte. Zögernd näherte er sich der Konsole.

»Wer spricht?«

»Kannst du es dir nicht denken? Ich möchte dich um einen Gefallen bitten. Seit dem Tod deines Vaters ist einer der Plätze auf dem SET unbesetzt.«

Solarisso! Also doch. Ianno begriff mit einemmal, was die Erweiterung der Konsole bedeutete. Es gab keine andere, sinnvolle Erklärung. Jemand – vermutlich ein Roboter – hatte sie installiert, damit der Herrscher Kontakt mit ihm aufnehmen konnte. Vielleicht auch, um ihn zu beobachten. Mit Sicherheit wußte Solarisso, der Herrscher, alles über ihn.

»Solarisso braucht fähige Männer wie dich, Ianno Iannod«, fuhr die Stimme fort und ließ offen, ob sie mit »Solarisso« die Stadt oder den Herrscher meinte. »Willst du die Nachfolge deines Vaters antreten?«

Tausend Gedanken gingen Ianno in diesen Augenblicken im Kopf herum. Die Warnung seines Vaters verstummte nicht, aber sie war nur die Hälfte des Vermächtnisses. Die andere reizte und verlockte, aber sie barg Gefahren.

Bis hin zum Tod. Der Gedanke, daß der Herrscher den Tod eines seiner fähigsten Köpfe absichtlich herbeigeführt hatte, verursachte Ianno nicht nur Magendrücken. In seinem Kopf wirbelte alles durcheinander, vermengte sich zu einem Wirrwarr, den er nicht mehr überblickte. Seine Krallen zuckten unkontrolliert. Er gab sich auch keine Mühe, es zu verbergen. Wenn Solarisso ihn beobachtete, nahm er alles wahr, selbst das kleinste Zucken einer einzelnen Schuppe.

»Du brauchst dich mit deiner Entscheidung nicht zu beeilen«, fuhr Solarisso fort. »Geduld zählt zu den größten Tugenden.«

*Eigenlob hingegen nicht,* dachte Ianno verbissen. Der Herrscher war in der Konsole gegenwärtig und bestimmt nicht nur in ihr. Er konnte ihn jeden Tag und jede Stunde ansprechen und fragen und nicht mehr in Ruhe lassen.

»Ich hatte genügend Zeit, es mir zu überlegen«, antwortete er. »Und ich habe bereits vergangene Nacht eine Entscheidung getroffen.«

»Das ist gut. Egal, wie sie ausgefallen ist, ich würde mich freuen, wenn du mir das Ergebnis mitteilen würdest, Ianno.«

Die Stimme bemühte sich, noch eine Spur freundlicher zu klingen.

»Ich nehme das Angebot an. Ich trete die Nachfolge meines Vaters auf dem SET an.«

Kein einziger, winziger Augenblick der Verblüffung entstand, wie Ianno es eigentlich erwartet hatte. Der Herrscher verhielt sich souverän, wie die Skrekada es von ihm kannten und auch erwarteten.

»Du hast die beste Wahl getroffen, Ianno Iannod«, fuhr er fort. »Ich wünsche dir viel Glück bei deiner neuen Aufgabe.«

Das blaue Licht erlosch, die Kommunikation war zu Ende. Eine knappe Stunde später erschien ein Adjutant und holte Ianno ab.

# 1. Zwischenspiel 277. Tamphyr

Die friedliche Stadt verwandelte sich übergangslos in ein Chaos aus Hektik und Lärm. Das Stampfen und Quietschen teilweise überalterter Roboter erfüllte die Straßen und Passagen zwischen den Gebäuden. Skrekada rannten im Schutz der Maschinen auch über gesperrte Hochtrassen, denn sie nahmen den kürzesten Weg an ihren Einsatzort. Das beschauliche Gewusel in den Märkten und Speisezentren verlief sich innerhalb ein paar hundert Atemzüge. Die Bewohner der Stadt gingen auf Tauchstation, sofern sie dazu in der Lage waren.

Das schrille Singen von Elektrofahrzeugen wuchs zum dominierenden Geräusch an. Die Fahrzeuge schufen Blockaden an den Kreuzungen und sperrten Stadtteile ab. Überall erklangen rostige Automatenstimmen, die die Bewohner Solarissos über den Vorfall informierten.

»Es sind genau siebenhundert. Sie sind erwacht und durchstreiften die Stadt. Überall richten sie Verwüstungen an«, sagten die robotischen Sprecher aus den Verwaltungszentren.

Lyann Lyanna hörte nur halb hin. Aus brennenden Augen starrte sie auf den Energiezaun, der das Gelände mit den drei Häusern unmittelbar neben der Support-Lounge vom Rest der Stadt abriegelte. Es handelte sich um einen Notbehelf, nicht mehr. Die Bewohner hatten die Gebäude notgedrungen verlassen und sich in der Lounge in Sicherheit gebracht. Von dort aus beobachteten sie, was mit ihren Unterkünften geschah. Es ging ihnen wie vielen in der Stadt, die angesichts des brutalen Vorgehens der Rückkehrer wie gelähmt dastanden und von besonnenen Artgenossen in Sicherheit gebracht werden mußten.

Lyann beobachtete, wie die ihnen völlig fremden Roboter eingefangene Rückkehrer in die drei Gebäude brachten, wo sie erst einmal sich selbst überlassen blieben. Zwischen den einzelnen Gruppen rollten Kameras entlang. Sie hielten jede Kleinigkeit optisch und akustisch fest.

Die Oberärztin wußte, daß die Anweisung direkt vom Herrscher stammte. Solarisso griff in dieser schwierigen Situation in die Geschicke der Stadt ein und überließ es nicht nur den Automaten, das Problem mit den Rückkehrern in den Griff zu bekommen.

Überall schwebten die fremdartigen Roboter mit dem floureszierenden Anstrich. Schnell machte der Begriff »Grünfluos« die Runde durch die vernetzte Stadt und das Umland.

Lyann fieberte ungeduldig ihrem Einsatz entgegen. Drüben in der Klinik hinter der Support-Lounge wartete viel Arbeit auf sie, die sie längst hätte erledigen müssen. Statt dessen stand sie an die Wand eines Einsatzfahrzeuges gelehnt und hielt durch schnelle Bewegungen ihrer Doppellider die Augen feucht. Die Luft war trocken, viel zu trocken, wie sie fand. Abweichungen von der gewohnten Norm stellten in der Stadt und ihrem Umland eine Seltenheit dar. So etwas kam alle fünfzehn Standardjahre einmal vor. Und ausgerechnet jetzt.

»Die Klimakontrolle ist gestört«, klang die glucksende Stimme ihres Unterarztes auf. Prato Pratokk bog um den Fahrzeugkasten und blieb abwartend stehen. »Vermutlich sind ein paar Rückkehrer in ein Steuerzentrum eingedrungen«.

Lyann fuhr auf. »Das kann nicht sein. Die Anlagen sind durch einen Kode geschützt. Nur wer ihn kennt, gelangt hinein.«

»Die Erwachten werden sich an solche Dinge erinnern. Der Zufall will es, daß der aktuelle Kode zu ihrer Erinnerung paßt. Oder …«

»Oder was?«

Pratokk gab ein leises Zeichen von sich. »Oder sie besitzen besondere geistige Fähigkeiten.«

Die Oberärztin begann zu zittern. Krampfhaft hielt sie ihren Körper unter Kontrolle und vermied jedes verräterische Zucken. Die Worte des Artgenossen eröffneten Perspektiven, die ihr Angst machten. Angst vor einer unkontrollierten Entwicklung, die die Stadt und das Land Solarisso gefährdete.

»Das kann nicht sein. Das darf nicht sein, Pratokk.«

»Warten wir es ab.«

Sie verbrachten die Wartezeit schweigend. Irgendwann, die Sonne stand bereits jenseits des Zenits, erhielten sie endlich das Freizeichen. Lyann Lyanna rief die siebzehn Zweiergruppen herbei, die sie zusammengestellt hatte. Sie öffnete das Fahrzeug und verteilte Kameras und Elektropeitschen.

»Viel Glück«, wünschte sie. »Wir bleiben in Funkverbindung. Zeichnet alles auf, was sich ereignet. Wenn Gefahr besteht, dann setzt die Peitschen ein. Wenn das nichts nützt, zieht euch zurück.«

Sie eilten hinüber zum Zaun. Einer der Grünfluos schaltete für ein paar Augenblicke den Schirm ab. Die Skrekada überschritten die unsichtbare Grenze, und hinter ihnen flammte die Wand aus flirrender Energie wieder auf.

Die Oberärztin gab sich einen Ruck, dann rannte sie auf das vorderste Gebäude zu. Prato Pratokk folgte ihr hastig und schloß zu ihr auf. Er hielt die Peitsche vor sich, als wolle er damit seine Bereitschaft zum Kampf signalisieren. Sie sicherten den Eingang und vergewisserten sich, daß sich niemand im Dunkel unter der Treppe aufhielt und ihnen gefährlich werden konnte.

»Die Gruppen sechs und sieben ganz nach oben«, sagte die Ärztin laut und entschieden. »Zwei und drei nehmen sich den Keller vor, vier und fünf den ersten Stock. Pratokk und ich sehen uns das Erdgeschoß an.«

Geduckt und lautlos huschten die Gruppen an ihr vorbei. Aus dem Erdgeschoß drang trotz der Schalldämmung Lärm. Die Ärztin griff entschlossen nach dem Drehgriff und riß die Tür auf.

Teile von Möbelstücken flogen durch den Korridor. Dazwischen gellten schrille Kommandos und Anfeuerungsrufe. Etwas zischte, dann gab es eine gewaltige Explosion. Der hintere Teil der Wohnung zerbarst, und die beiden Ärzte warfen sich neben dem Eingang zu Boden. Eine Druckwelle fegte über sie hinweg. Staub regnete auf sie herab, und Prato Pratokk hustete erbärmlich.

»Laß den Mund zu!« warnte Lyann ihn.

Ein paar Atemzüge blieb es ruhig, dann ging der Lärm in den nicht zerstörten Räumen wieder los.

Die Ärztin zog sich mit Hilfe ihrer Krallen an der Wand hoch und spurtete los. Pratokk hetzte mit der Peitsche hinter ihr her und hielt ihr den Rücken frei.

Mühsam arbeitete sich Lyann Lyanna durch die Überreste der Mauern und Leichtmetallwände. Ein Blick in den Raum mit dem Ofen und den Kühlaggregaten genügte. Von den acht Personen, die sich darin aufgehalten hatten, war nicht mehr viel übrig. Hier kam jede Hilfe zu spät.

»Zurück!« zischte sie. Sie eilten den Korridor entlang, aber da erfolgte bereits der erste Angriff. Pratokk wehrte ihn ab. Er schlug mit der Elektropeitsche zu, und der Skrekada jaulte schrill und warf sich rückwärts durch die Bogentür. Er riß einen anderen Rückkehrer mit sich zu Boden. Die beiden verkrallten sich ineinander und begannen eine wüste Keilerei.

Der Unterarzt zögerte. Lyann stieß ihn zur Seite und filmte.

Als die beiden Rückkehrer dies sahen, hielten sie plötzlich inne. Sie schnellten vom Boden empor und warfen sich auf die beiden Artgenossen. Die Oberärztin wich zur Seite aus und stellte dem Rückkehrer ein Bein. Von der anderen Seite knallte die Peitsche auf ihn nieder und ließ seinen Körper heftig zusammenzucken.

»Hau drauf«, munterte Lyann Lyanna ihn auf. »Erteile ihnen eine Lektion. Erst dann sind wir vor ihnen sicher.«

Der zweite Skrekada warf sich auf den Unterarzt. Die Oberärztin trat ihn genau zwischen die Rippen. Er knickte in den Beinen ein und schnappte nach Luft. Gleichzeitig erwischte ihn die Peitsche und störte sein Nervenkostüm. Er sank zu Boden, und Prato Pratokk deckte die beiden mit Elektroschocks zu, bis sie ohnmächtig wurden. Ihre nackten Körper zuckten konvulsivisch, ehe sie erschlafften.

»Für ein paar hundert Atemzüge müßte das reichen.« Pratokk keuchte und trat durch die Bogentür. Zwischen den Trümmern der Explosion prügelten sich inzwischen andere Rückkehrer und machten Lärm für hundert.

Lyanna schob sich an ihrem Begleiter vorbei. Die Kamera lief noch immer. »Halte mir den Rücken frei, Prato. Ich will keine unliebsamen Überraschungen erleben.«

Sie hielten sich auf der Schattenseite des Korridors, wo nur wenig Licht hinfiel. Nach drei, vier leeren Zimmern erreichten sie den Ort der Auseinandersetzung. Ihnen stockte der Atem.

Die Rückkehrer kannten keine Gnade. Sie kämpften, als ginge es um Leben und Tod. Sie rissen sich gegenseitig die Schuppen aus der Haut und versuchten, die empfindlichsten Stellen ihrer Körper, wie Augen, Nasenlöcher, Gehöröffnungen und die Weichteile im Bauch zu treffen. Einer lag in einer Blutlache am Boden und rührte sich nicht mehr. Die anderen kümmerte es nicht; sie trampelten auf ihm herum und versuchten, sich gegenseitig so rasch wie möglich zu zerfleischen.

Prato Pratokk verlor die Fassung. Er stand nur da und starrte.

»Tu etwas«, fuhr sie ihn an. Er reagierte nicht. Lyann Lyanna drückte ihm die Kamera in die Hand und entriß ihm die Peitsche. Mit gezielten Hieben ging sie gegen die Kämpfenden vor und ließ erst von ihnen ab, als der letzte am Boden lag und ihr zum Zeichen der Unterwerfung den blanken Bauch zeigte.

Die Oberärztin rief einige der Gruppen zu sich. Sie schleppten die Verletzten davon und brachten sie in ein Außengebäude der Klinik, um sie zu heilen und gleichzeitig dafür zu sorgen, daß sie nicht erneut Schaden anrichteten.

»Du bleibst bei mir«. Lyann Lyanna gab ihrem Begleiter die Peitsche zurück und nahm die Kamera in Empfang.

»Danke«, murmelte Prato Pratokk. »Es ... es tut mir leid. Aber ich ...«

»Schon gut. Es beruhigt mich irgendwie, daß du nicht so bist wie diese armen Kreaturen. Es wird schwer, eine Lösung für das Problem zu finden. Eines steht mit Sicherheit fest. Sie besitzen keine geistig überragenden Fähigkeiten. Im Gegenteil. Sie haben alles verloren, was sie früher zu Skrekada gemacht hatte. Jede Empfindung eines Intelligenzwesens ist ihnen abhanden gekommen. Die psychische Abstumpfung hat ihre Ursache irgendwo im Tiefschlaf. Sobald wir hier fertig sind, kümmere ich mich um die Ursachenforschung.«

»Ich helfe dir.«

Sie warf ihm einen erstaunten und gleichzeitig dankbaren Blick zu.

»Ich wußte, daß ich mich auf dich verlassen kann.«

Solarisso rief sie zu sich. Sie verließen das Gebäude und stiegen draußen in einen Gleiter. Das Fahrzeug sammelte alle Gruppen ein und brachte sie zu einem der Gebäude im Zentrum der Stadt. Sie betraten einen Quaderbau, in dessen Innerem sich ein Saal mit einer hohen Kuppel befand. Gedämpftes Licht empfing sie. Eine Stimme wies sie an, auf den Sesseln in der Mitte Platz zu nehmen.

Die Kameras in den Händen der Skrekada blinkten. Jemand rief ihre Speicher ab und transferierte die Inhalte in ein anderes System.

Gleichzeitig erschien auf der Wandung der Kuppel das Zeichen des Herrschers, die weißblaue Sonne mit dem Planeten und den beiden Monden.

Die Skrekada erschauerten vor Ehrfurcht. Schon immer hatten sie den Sitz des Herrschers im Stadtzentrum vermutet. Jetzt empfing er sie, und sie fieberten der Begegnung förmlich entgegen.

Doch der Herrscher enttäuschte sie. Solarisso kam nicht selbst, und er schickte auch keinen Stellvertreter. Sie vernahmen nur seine Stimme und erlebten auf einer Projektion an der Innenfläche der Kuppel nochmals mit, was sie mit ihren Kameras festgehalten hatten.

»Es besteht keine Gefahr für die Stadt und das Umland«, verkündete die freundliche und angenehme Stimme des Herrschers. »Die Grünfluos, wie ihr die hochsensitiven Maschinen nennt, werden die wahnsinnigen Rückkehrer bald eingefangen haben. Unvorhersehbare Entwicklungen im Bereich der Kammern haben zu diesem bedauerlichen Zwischenfall geführt.«

»Wir werden an einer Lösung des Problems arbeiten«, sagte Lyann Lyanna sofort. »Es gibt mit Sicherheit mehrere Möglichkeiten, die Sache medizinisch in den Griff zu bekommen.«

»Das ist richtig. Ich habe euch gerufen, um euch schon

jetzt meinen Dank dafür auszusprechen. In einem Punkt irrst du dich allerdings, Lyann Lyanna. Es ist nicht nur ein medizinisches Problem. Im Programmsystem der Kammern ist es zu Störungen gekommen. Die Auswirkungen schlagen unter anderem auch auf die Klimakontrolle durch. Ursache ist mit höchster Wahrscheinlichkeit der überhastete Abbruch des Erweckungsprogramms. Unsere fähigsten Techniker werden sich damit befassen.«

»Und was wird, wenn sich die Situation verschlechtert? dachte Lyann. *Ist das, was wir erleben, erst der Anfang?*

## 3. Rianna

Rianna verlor einen Schuh, bemerkte es aber nicht. Blind stolperte sie durch den Sand. Männer und Frauen lachten hinter ihr her. Sie machten sich lustig über sie. Die Jägerin kniff sich in den Hals. Es tat weh, und auf einer der Krallen ihrer rechten Hand klebte ein winziger Blutstropfen.

*Ich träume also nicht. Und ich habe auch kein Fieber! Was aber ist dann los?*

Sie fuhr herum und erstarrte. Am Rand des Lagers standen drei Frauen und winkten ihr zu.

Firbo, Termini und Likwide.

Rianna kämpfte mit dem Gleichgewicht.

»Ihr ...«, begann sie. »Ihr seid gesund. Welch ein Glück. Ich sah euch sterben!«

»Was redest du da?« Termini kam auf sie zu, und sie tat es so, als schwebe sie eine Handbreite über dem Boden. Aber es konnte nicht sein. Ihre Schuhe hinterließen deutliche Abdrücke im Sand. Sie faßte Rianna am Gürtel und zog sie mit sich. »Niemand ist gestorben. Wovon sprichst du?«

»Von unserer Jagd. Von dem Riesenkalbrus!«

»Du hast Fieber.« Likwide trat dicht an sie heran und musterte ihre Augen. »Eine regelrechte Überhitzung. Du solltest dich der kalten Nachtluft aussetzen, damit deine Temperatur sich normalisiert. Noch besser wäre Wasser. Komm mit. Wir machen uns auf die Suche nach einer Quelle. Wenn wir schnell genug graben, kannst du dich darin abkühlen, ehe das Wasser verdunstet.«

Die Wüste hielt die Feuchtigkeit nie lange. Sie hatten schon Brunnen gegraben, in denen das Wasser ihnen unter den klauenförmigen Händen sofort verdampft war. Keine hatte auch nur einen Schluck trinken können.

Rianna fügte sich in das Unvermeidliche. Wenn

Likwide sich etwas in den Kopf gesetzt hatte, vermochte nichts in der Welt sie davon abzubringen.

Ein paar Schritte folgte sie den Gefährtinnen, dann blieb sie stehen. Firbo prallte gegen ihren Rücken.

»Paß doch auf!« zischte die Spurenleserin.

»Da!« stammelte Rianna. »Was ist das?«

Das Lager veränderte sich auf erschreckende Weise. Wo soeben noch der Lärm der Händler hallte und die Farben ihrer Gewänder leuchteten, trat übergangslos Stille ein. Die Tische fehlten, und die Zelte ragten wie gewohnt in den Himmel. Außer den Farben Braun, Grau und Schwarz gab es nichts zu sehen.

»Der Markt«, ächzte die Jägerin. »Wo ist er geblieben?«

»Welchen Markt meinst du?«

»Haltet mich nicht zum Narren! Die ganze Zeit befand sich hier ein Markt.«

Schweigen breitete sich aus.

»Firbo, Termini, Likwide! Wieso stimmt ihr mir nicht zu?«

»Weil es dazu nichts zu sagen gibt. Du redest im Fieber.«

»Nein!« Sie schrie es aus sich heraus und deutete mit beiden Armen auf das Lager. Das satte Grau der Zelthäute veränderte sich. Weiße und schwarze Risse entstanden. Die Bespannungen der Stangen verloren an Festigkeit. Vereinzelt fielen Lederstücke heraus und bildeten alsbald einen Fleckenteppich auf dem Sand.

»Die Zelte zersetzen sich«, murmelte Rianna in einem letzten Aufbäumen. Überall, wo sie hinblickte, machte sie dieselbe Entdeckung. Die Skrekada schienen von alledem nichts zu bemerken. »Wir verlieren unsere Lebensgrundlage.«

»Achte auf nichts, was um dich herum vorgeht«, mahnte Termini. »Es ist nicht wirklich.«

»Nicht wirklich ...? Aber ich sehe es doch!«

Es war zum Schuppenausreißen. Der Verstand spiegelte ihr Dinge vor, die nicht existierten. Sie erlebte Vorgänge, die ihrer Phantasie entsprangen.

»Ich glaube, ich bin verrückt«, seufzte sie. »Etwas hat mich um den Verstand gebracht.«

»Aber nein.« Firbo gab ihr einen leichten Schubs, und die beiden anderen zogen sie davon. »Du wirst sehen, nach einem erfrischenden Bad ist alles wieder in Ordnung. Du hast dir zuviel zugemutet.«

»Aber die Jagd ...«

»Die nächsten Tage werden wir nicht auf die Jagd gehen.«

»Ich meine unsere Jagd von heute.«

»Heute haben wir das Lager doch gar nicht verlassen. Die Vorräte reichen noch für zwanzig Sonnenläufe.«

Rianna verstand überhaupt nichts mehr. Tief im Innern ihres Bewußtseins ahnte sie, daß sich Dinge anspielten, die ihren Verstand überforderten. Sie beschloß, ab sofort zu schweigen und nur dann zu antworten, wenn sie gefragt wurde.

Die drei zerrten sie davon, schleiften sie hinaus in die Wüste und begannen an einer Stelle zwischen den Dünen zu graben. Wenn die Lage nicht so ernst gewesen wäre, dann hätte sie beim Anblick der lebenden Bagger Belustigung empfunden. So aber achtete sie nicht auf die drei Skrekada, die sich Stück für Stück in die Tiefe gruben, weil ihr Instinkt ihnen anzeigte, daß es hier unter dem Sand Wasser gab. Innerhalb dreihundert Atemzüge hatten sie ein tiefes Loch ausgehoben, in das gut und gern zwei Erwachsene hineinpaßten.

»Das Wasser ist kühl, es wird dich erquicken«, rief Firbo und schlürfte genüßlich.

Die drei Frauen kletterten aus dem Loch heraus. Sie packten Rianna kurzerhand und warfen sie kopfüber in die Tiefe. Die Jägerin klatschte auf die Wasseroberfläche und tauchte unter. Sie krümmte ihren Unterleib zusammen und zog die Beine seitlich an den Körper. Die Gehöröffnungen und die Nasenlöcher schlossen sich automatisch. Übergangslos setzte die Abkühlung des Körpers ein.

Der erhoffte Effekt blieb allerdings aus. Rianna fühlte sich nicht wohler, sondern elender. Sie legte sich auf den Rücken und gab sich der vagen Hoffnung hin, daß sich ihr Zustand doch noch änderte. Merkwürdige Gedanken drängten in ihr Bewußtsein und lenkten sie ab.

*Du wirst bald erwachen, Rianna. Es ist nicht mehr lange hin. Gedulde dich noch ein wenig. Bewege dich nicht. Du kommst aus dem Gleichgewicht.*

Wohlige Wärme umgab sie. Sie fühlte sich geborgen, aber dann verschwand dieser Eindruck von einem Augenblick auf den anderen. Sie zuckte zusammen und warf sich herum. Prustend durchstieß sie die Wasseroberfläche und schnellte sich hinaus in den Sand.

»Es bringt nichts.«

Verwirrt sah sie sich um. Die drei Frauen erklommen gerade eine der Dünen und winkten ihr zu.

»Beeil ich! Sonst verpassen wir den Anschluß.«

Rianna achtete nicht auf den Sand, der an ihrem feuchten Körper und auf der nassen Kleidung klebte. Sie sprintete ihren drei Gefährtinnen hinterher. Droben auf dem Dünenkamm erspähte sie auch den Grund der plötzlichen Eile.

Chierro hatte das Lager abbrechen lassen. Der Stamm zog weiter. Er folgte den Spuren der Kalbrusherde.

»Ich komme!« sagte Rianna halblaut und bemühte sich, den Abstand zu Firbo, Termini und Likwide zu verringern. Es gelang ihr nicht. Sie machte keinen einzigen Schritt gut, und das, obwohl die drei ihr Tempo deutlich verlangsamten.

*Es beginnt wieder,* dachte sie. *Das Fieber greift erneut nach mir. Wieso bin ich nicht im Wasser geblieben?*

Der Gedanke an die Quelle verblaßte rasch, und als Rianna den Zug der Nomaden einholte, erinnerte sie sich nicht mehr an das Ereignis. Die Jägerin hielt nach ihren Gefährtinnen Ausschau, aber so sehr sie auch suchte, sie fand keine der drei Skrekada. Sie hatten sich von der Karawane entfernt.

Oder sie hatten gar nicht existiert. Weil sie tot waren. Umgekommen durch den Kalbrus.

Rianna wandte sich an den Nächstbesten.

»Wo finde ich Chierro?«

»In der Mitte des Zuges.«

»Danke«, murmelte sie und schritt schneller aus.

»Keine Ursache, holde Jägerin«, schmeichelte der Mann hinter ihr her. Sie hörte es nicht und wollte es nicht hören. Es gab Dinge, die Rianna überhaupt nicht interessierten.

»Es hat keinen Sinn, wahllos durch die Wüste zu ziehen und nach Eßbarem zu suchen«, verkündete Chierro bei der ersten Rast. »Auch die Kalbrusherde rettet uns nicht vor dem Untergang. Die Tiere verlassen die Gegend.«

So, wie er es sagte und die Worte einzeln betonte, klang es mutlos. Niemand fand die Kraft, ihm zu widersprechen. Die meisten wühlten in ihren Speisebeuteln und suchten die letzten Krümel zusammen.

Rianna schob sich neben den Anführer des Stammes und deutete auf den Speer in ihrer Hand.

»Laß mich nach meinen drei Gefährtinnen suchen. Wir sind ein gutes Team. Bisher ist uns kein Kalbrus entkommen.«

»Das dauert zu lange. Wir haben schon jetzt nichts mehr zu essen. Vom Leder unserer Zelte und dem Holz unserer Speere werden wir nicht satt. Sieh dir dort drüben den Busch an. Seine Beeren sind verdorrt, das Holz ist brüchig geworden. Wir werden verhungern.«

Rianna erschauerte bei diesen Worten. Vor welchem Abgrund stand ihr Volk?

»Unsere Welt beginnt auseinanderzuklaffen«, fuhr Chierro fort und weckte einen furchtbaren Verdacht in ihr. »Die Wirklichkeit zerfällt in unzählige Möglichkeiten. So sehe ich es. Nicht anders ist es möglich, daß wir plötzlich in eine Situation geraten sind, die mit unserem bisherigen Leben nichts zu tun hat. Ein wenig Hoffnung allerdings gibt es. Schaut nach oben!«

Alle blickten zum Himmel hinauf. Vereinzelt kreisten merkwürdige Gegenstände in der Luft.

»Augen Solarissos. Habt ihr die alte Überlieferung vergessen? Wenn Solarissos Augen auf uns ruhen, dann ist die Zeit der Trennung an ihrem Ende angelangt. Es wird keine Jägerinnen und keine Beerensammler mehr geben. Wir alle werden keine Brunnen mehr finden. Es gibt nur noch ein Ziel.«

»Du willst ... Das ist doch nicht dein Ernst! Hast du vergessen, was mit uns geschieht, wenn wir uns der Kuppel auch nur auf Sichtweite nähern? Sie kämpfen gegen uns. Sie wollen uns nicht haben. Wahrscheinlich fühlen sie sich durch uns bedroht. Sie sind unsere Brüder und Schwestern und doch so verschieden.«

»Ich weiß es nicht. Aber was ich sage, ist mein Ernst.« Chierro schlug zur Bekräftigung die klauenförmigen Hände aneinander. »Wir haben keine andere Wahl. Folgt mir. Wir ziehen zur Stadt. Auch die Herde hat diese Richtung eingeschlagen.«

»Es ist eine Angelegenheit von großer Tragweite für unseren Stamm«, warnte Rianna. »In diesem Fall bin ich dafür, eine Abstimmung herbeizuführen. Die Entscheidung sollte nicht dir allein vorbehalten sein.«

Chierro stimmte sofort zu. Wieder einmal stellte er unter Beweis, daß er die Position als Anführer des Stammes nicht allein durch Körperkraft errungen hatte, sondern auch durch Intelligenz.

Die Abstimmung erfolgte. Niemand widersprach dem Vorschlag Chierros, und so fügte sich auch Rianna in den Beschluß. Sie setzte sich an die Spitze des Zuges und übernahm die Funktion der Spurenleserin. Die Ränder der Hufabdrücke zeigten, daß die Kalbrus innerhalb der letzten zweitausend Atemzüge an dieser Stelle vorbeigekommen waren. Eine Stunde später sah es bereits anders aus. Gegenüber der Herde hatten sie drei Stunden verloren. Rianna blieb stehen und wartete, bis Chierro zu ihr aufschloß. In knappen Worten schilderte sie ihre Beobachtung.

»Du wirst mit deiner Vermutung recht behalten«, fügte sie hinzu. »Unsere gewohnte Welt klafft immer mehr auseinander. Ich selbst spüre es deutlich. In meiner Erinnerung verfüge ich über Erlebnisse, die es nicht gegeben hat. Oder sie haben stattgefunden, und ich bin die einzige, die es noch weiß. Und jetzt werden die Spuren der Herde mit einer Geschwindigkeit älter, die niemals mit der Wirklichkeit übereinstimmen kann.«

»Wir lassen uns durch den Vorgang nicht verunsichern und folgen den Spuren weiter«, entschied Chierro.

Als die Sonne den Zenit überschritt – Rianna wagte nicht einmal daran zu denken, welchen Tag oder welche Jahreszeit sie jetzt haben mochten –, Solarissos.

Die Spuren verloren sich immer wieder, inzwischen war ihr Vorsprung auf mehre Tage angewachsen. Der leichte Nachtwind hatte fast alle Abdrücke im Sand verweht.

Winzige Schatten sausten durch die Luft. Sie rasten den Skrekada entgegen und klatschten gegen ihre Körper. Viele der Nomaden reagierten instinktiv und wischten die Dinger mit den Händen zur Seite. Andere zögerten zu lange.

Es waren Springwürmer. Und das, obwohl es weit und breit keine Kukusz oder andere Gewächse gab.

Rianna warf sich zu Boden und entging um Schuppenbreite einem der fliegenden Dinger. Es fiel in den Sand, zappelte eine Weile und starb dann. Sein Körper zerfiel zu Staub. Ein halbes Dutzend jedoch hatte sein Ziel erreicht. Unter den spitzen Schreien der Betroffenen bohrten sich die Springwürmer durch die Haut ins Fleisch, suchten sich den kürzesten Weg zu den Blutbahnen und verspritzten dort ihr lähmendes Gift. Die Körper der betroffenen Skrekada versteiften sich bereits nach wenigen Atemzügen. Sie verdrehten die Augen, röchelten kurz und starben schneller, als ihre Artgenossen zu schauen vermochten.

Schreckliche Stille breitete sich aus. Nur das hektische Atmen der Männer und Frauen war zu hören. Mit grotesken Sprüngen hüpften sie davon, in verschiedene Richtungen und jeder in der Hoffnung, daß sein Weg ihn aus der gefährlichen Zone führte.

Weit und breit befanden sich keine Kukusz, nicht einmal Keimlinge sprossen aus dem Boden. Die Schmarotzer tauchten aus dem Nichts auf, hüpften durch die Luft herbei, bohrten sich in die noch warmen Körper der Toten und bevölkerten sie. Von den Wirtskörpern blieb nach Tagesfrist nicht viel mehr als ein Gerippe übrig, ausgebleicht und vom Sand abgeschmirgelt.

Die Skrekada machten, daß sie weiterkamen. Inzwischen war auch der letzte von ihnen überzeugt, daß Chierro mit seiner Vermutung von der verschwimmenden Realität die Wahrheit erkannt hatte. Ihr Respekt vor dem Anführer nahm zu. Sie umgaben ihn in vier Reihen. Er nahm es stumm zur Kenntnis, daß sie ihn nicht mehr nur als ihren Anführer betrachteten, sondern ihn auch zum wertvollsten Gut ihres Überlebens erklärten.

Wortlos stolperten sie weiter, manche an der Düne entlang, andere steil aufwärts. Rianna wählte den vom Wind geschaffenen Einschnitt zwischen zwei Wellen. Aus diesem Bereich hatte sie keine Springwürmer kommen sehen. Dafür blies der Wind hier stärker und wehte ihr mehligen Wüstenstaub entgegen. Sie schloß die Augenlider fast völlig und war dankbar für die Verengung des Gesichtsfeldes. Der Blick zurück zu den Toten hätte sie aus der Bahn geworfen, das spürte sie deutlich.

Als erste ihres Stammes erreichte die Jägerin den Kamm der Düne und duckte sich reflexartig an den Boden.

Der Anblick erschreckte und verwirrte sie gleichermaßen.

Vor ihr lag die Ebene. Vereinzelt ragten Felsgruppen wie miniaturisierte Gebirge aus dem Sand. Von den Gezeiten der Wüste und dem Wind zerfurcht, erwischten sie den Eindruck ineinander verschlungener Pflanzen oder Lebewesen. Am Himmel hing groß und mit Kratern übersät Lyrant, der innere der beiden Monde. Zwischen den Felsen und dem Trabanten aber ragte die Kuppel empor.

Rianna nahm die pyramidenförmigen Zelte in der Luft gar nicht richtig wahr. Sie sah nur die Kuppel, und in ihren Gedanken kreiste all das, was sie in ihrem Leben über die Stadt und das Land unter der Glocke erfahren hatte. Jetzt sah sie das sagenhafte Solarisso zum ersten Mal mit eigenen Augen, und der ungewohnte Anblick berührte sie tief und ließ eine bisher unbekannte Saite in ihr erklingen.

Die fliegenden Zelte wuchsen inzwischen zu riesigen Bauwerken an und nahmen bald einen beträchtlichen

Teil des Himmels in Anspruch. Langsam sanken sie dem Rand der Ebene entgegen.

»Die Zelte des Herrschers« flüsterte Chierro neben ihr. Er sank in den Sand und blickte aus halb geschlossenen Lidern zum Firmament empor. »Ist es Solarisso selbst, der da kommt?«

»Bestimmt nicht. Was hätte er mit uns zu schaffen? Und woher sollte er wissen, daß wir ausgerechnet jetzt hierher kommen?« hielt sie dagegen.

Ein tadelnder Blick des Anführers traf sie.

»Du irrst dich. Solarisso weiß alles, was auf unserer Welt geschieht. Die Kalbrusherde hat es ihm verraten, daß wir uns der Stadt nähern.«

Er argumentierte wie ein Jäger. Rianna wollte das nicht akzeptieren.

»Es gibt keine Herde. Wir haben weder Kot noch die Reste von Spuren entdeckt.«

Sie legte sich auf den Bauch und sammelte Kraft. Nicht nur bei ihr machten sich die ersten Anzeichen von Unterernährung bemerkbar.

»Dafür haben die fliegenden Zelte gesorgt. Bestimmt haben sie die Herde eingefangen. Auch die Skrekada in der Stadt wollen leben.«

Skrekada in der Stadt. Wie leichtfertig das klang.

»Sie sind unsere Feinde«, stieß sie hervor. »Jeder weiß das. Und ausgerechnet sie wollen wir um Hilfe bitten?«

»Feinde? Ja, ja, natürlich. Du hast recht. Aber lieber im Sklavenstatus leben, als in der Wüste verhungern. Es gibt alte Sagen, die immer nur von Anführer zu Anführer überliefert werden. Nach ihnen stammen wir alle aus Solarisso, aber eines Tages platzte die Stadt und ihr Umland aus allen Nähten. Ein Teil der Bewohner zog in die Wüste, organisierte sich in Stämmen und lebte seither im Einklang mit der kargen Natur des Planeten. Jetzt, nach vielen Generationen, kehren wir an den Ort unseres Ursprungs zurück. Vielleicht sind wir sogar die ersten.«

Rianna glaubte es nicht. Sie grub sich tiefer in den Sand ein und deutete mit einem Arm nach rechts zum Saum der Dünen.

»Du hattest recht, Chierro. Wir haben die Kalbrus wiedergefunden. Was ist wichtiger? Solarisso oder unser Essen?«

Sie wartete die Antwort nicht ab, sondern winkte ihren Begleitern. Sie bildeten Vierergruppen und schlichen geduckt davon.

Die Herde lagerte mitten im Sand. Weit über zwanzig Tiere waren es, und Rianna überschlug, daß sie mindestens die Hälfte davon erlegen konnten, wenn sie es geschickt anstellten. Mit der Nase prüfte die Jägerin den Wind, dann wählte sie den Weg durch die Senke hinter den Dünen, um sich den Tieren unbemerkt zu nähern.

Der Hunger meldete sich übergangslos und vehement. Rianna bekam sofort Magenschmerzen. Sie preßte ihre Hände gegen den weichen Bauch. Der harte Druck verschaffte ihr für ein paar Augenblicke Erleichterung. Sie erinnerte sich an ein ähnliches Erlebnis in ihrer Kindheit, als ihre Erziehungsberechtigten sie mit Nahrungsentzug bestraften, weil sie im Übermut des Spiels nicht auf ihre Krallen geachtet und ein anderes Kind beträchtlich verletzt hatte.

Im nächsten Augenblick setzte der erste Krampf ein. Sie stieß ein klägliches Zischen aus, verlor das Gleichgewicht und stürzte zu Boden.

Termini beugte sich über sie und tätschelte sie im Nacken.

»Nicht nachgeben«, flüsterte sie. »Denke einfach nicht daran.«

»Es – geht – nicht. Laßt – mich – zurück. Setzt – die

– Jagd – ohne – mich – fort. Es – ist – wichtig – für – den – Stamm.«

Sie brachte die Worte kaum hervor. Ihr Atem ging stoßweise, und bei jedem Luftholen stach der Schmerz durch ihren Bauch. Schränkte sie das Atmen ein, drohte sie das Bewußtsein zu verlieren.

»Gut. Wenn du meinst.« Diesmal war es Likwide, die sich über sie beugte. »Du folgst uns, sobald du dich erholt hast.«

»J-ja.«

Die Gesichter über ihr verschwanden. Gnadenlos brannte die Sonne auf sie herab. Sie versuchte, sich ein wenig in den Sand einzugraben, aber es tat zu sehr weh.

In der Richtung, in der sie die Skrekada ihres Stammes vermutete, erhob sich lautes Geschrei. Es steckte voller Verwunderung und Überraschung.

Rianna drehte sich auf die Seite und richtete sich langsam auf. Wieder stach der Schmerz durch ihre Eingeweide bis zum Körperende. Unter Aufbietung aller Konzentration unterdrückte sie ihn und schob sich ein Stück in die Höhe. Sie sah, wie drüben am Horizont der Sand aufspritzte. Dunkle Schatten rasten über die Dünen und hielten auf die Nomaden zu.

Wären die Schreie nicht gewesen, hätte die Jägerin an eine Hunger-Halluzination gedacht.

Die Herde raste auf die Skrekada zu, die sich hastig verteilten. Sie griffen zu ihren Speeren und stellten sich zum Kampf.

Rianna stöhnte ungläubig. Früher hätte ein Kalbrus nie einen Skrekada angegriffen. Das Schicksal warf Vergangenheit, Gegenwart und Zukunft in einen Topf und rührte kräftig um. Heraus kam das Chaos, in dem sich kein Skrekada mehr zurechtfand.

Eine dumpfe Ahnung beschlich die Jägerin, daß es sich bei den bisherigen Ereignissen lediglich um den

Anfang einer Entwicklung handelte. Stärker als bisher empfand sie die Gefahr, in der sie und alle Angehörigen ihres Stammes schwebten. Sie wollte schreien, aber in diesem Augenblick fuhr es wie ein Stromschlag durch ihren Körper. Einen Augenblick lang glaubte sie, sie sei aus heiterem Himmel vom Blitz getroffen worden.

Sie rutschte in die Kuhle zurück und atmete flach.

»Kehrt um«, ächzte sie, so laut sie konnte. »Die Herde hat einen Bogen geschlagen. Sie befindet sich hinter eurem Rücken.«

»Falsch!« belehrte sie eine Stimme in unmittelbarer Nähe. Sie überwand die nächste Schmerzwelle und öffnete die Augen.

Der Schwaf stand über ihr und kratzte sich mit Chierros Stöckchen. Dabei wedelte er mit den Schlappohren und senkte den Kopf, bis er mit der Schnauze beinahe in ihr Gesicht stieß.

»Es gibt gar keine Herde. Sie ist Einbildung. Halluzination.«

»Ach ja. Wie meine Magenkrämpfe.«

»Natürlich. Du kannst Fiktion und Wirklichkeit nicht mehr auseinanderhalten.«

»Aber du kannst es!«

»Dazu bin ich da. Mit dem untrüglichen Instinkt des Stöberers entgeht mir nichts.«

Alles in Rianna wehrte sich dagegen, das sprechende Tier als Realität anzusehen und den Blödsinn aus dem Maul eines nichts intelligenten Jagdgehilfen zu akzeptieren. Der Schwaf machte es ihr gehörig schwer, indem er anfing, schwierige mathematische Formeln aufzusagen und Beispiele auszurechnen. Dann palaverte er philosophische Erkenntnisse über die Welt daher, als seien es Banalitäten. Und das alles spulte er in einer Schnelligkeit ab, daß es der Skrekada angst und bange wurde.

»Halt ein!« rief sie schließlich. »Was willst du mich von Dingen überzeugen, die gar nicht existieren?«

Sie versuchte, seine Anwesenheit zu ignorieren. Die Schmerzen in ihrem Unterleib ließen ein wenig nach. Sie erhob sich schwankend und entfernte sich ein Stück von der Kuhle. Dort, wo sie zuvor noch die dunklen Leiber der Kalbrus gesehen hatte, lag unberührter weißer Sand.

»Zurück in das Loch!« zischte der Schwaf. »Du machst einen Fehler. Mich übersehen sie, aber dich nicht. Du bist zu groß, zu auffällig. Deine Wärmeabstrahlung weist dich als Skrekada aus. Ich hingegen bin nur ein Tier aus der Wüste.«

»Ich sterbe vor Hunger.«

»Bloß nicht. Du mußt dich diesen komischen Überlappungen stellen. Ankämpfen hat keinen Sinn. Also erforsche sie. Aber hüte dich vor denen da.«

Er zeigte hinauf an den Himmel. Die fliegenden Zelte aus Solarisso hingen nah und bedrohlich über der Wüste. Steil sanken sie abwärts, und dort, wo ihr Ziel lag, mußten Chierro und die Nomaden sein.

»Die in der Stadt haben längst vergessen, daß sie aus der Wüste stammen«, fuhr der Stöberer fort. »Nur ihre Zelte erinnern noch daran. Flugzeuge aus längst vergangenen Zeiten sind das.«

»Was weißt du noch über die Vergangenheit?«

»Nichts. Mir fällt im Augenblick nichts ein. Mein Gehirn ist auch zu klein für so etwas.«

»Ich habe die Untersuchungen über Schwafe gelesen. Sie sind nicht intelligent. Sie leben von der Jagd auf Kalbrus und manchmal auch kleineres Getier. Schwafe sind vom Aussterben bedroht.«

»Woher weißt du das?«

Täuschte sie sich, oder klang die Stimme des Stöberers zornig, ja sogar drohend?

»Ich habe keine Ahnung«, gestand sie. »Es kam mir plötzlich in den Sinn. Je länger ich überlege, desto merkwürdiger ist es. Mir sind keine Untersuchungen über so etwas bekannt.«

»Eben. Wer sollte sie auch angestellt haben. Ihr Nomaden sicherlich nicht.«

Irgendwo am Rand der Wüste zischte es. Sandfontänen spritzten hoch in den Himmel hinauf. Wieder erklang aus Richtung der Nomaden lautes Geschrei. Rianna nahm mehrere Lichtstrahlen wahr, die von den fliegenden Zelten hinunter zum Boden griffen. Jeder von ihnen zog Schmerzensschreie nach sich, die Rianna durch Mark und Bein gingen.

»Ich habe dich gewarnt«, flüsterte der Schwaf. »Sie sind nicht gekommen, um euch zu begrüßen. Sie wollen euch von der Stadt fernhalten. Noch schlimmer, sie werden euch zurück in die Wüste treiben.«

»Wir können dort nicht mehr leben. Alles ist dem Verfall preisgegeben. Die Wüste ist nur noch ein Land des Untergangs.«

»Ich weiß. Und dennoch werden sie euch nicht in die Nähe der Stadt lassen.«

»Sie müssen.«

»Ach? Du erwartest, daß sie euch wie Brüder und Schwestern empfangen? Nach all dem, was sie euch schon angetan haben? Ihr seid für sie nichts anderes als Kalbrus. Oder noch schlimmer: Ungeziefer.«

»Woher willst du das wissen?«

Der Schwaf warf sich auf sie und drückte sie in die Kuhle hinein.

»Still jetzt, wenn dir dein Leben lieb ist!«

Sie hätte ihn mühelos abwerfen können. Ihr Instinkt warnte sie, und sie sagte sich, daß es besser war, vorerst den Gestank des Stöberers und sein verlaustes Fell zu ertragen.

Droben am Himmel hüllten sich die Zelte in goldenen Glanz. Der blendende Schein dehnte sich rasch aus bis zum Boden.

Rianna erkannte rennende Gestalten. Die Skrekada versuchten, sich in Sicherheit zu bringen. Viele waren es nicht mehr, höchstens zwei Dutzend. In weiten Sätzen sprangen sie davon. Das goldene Licht holte sie zwei, drei Atemzüge später ein und fraß sie auf. So und nicht anders nahm Rianna es aus der Deckung ihrer Kuhle heraus wahr. Die Erscheinung berührte die Gewänder, dann die Körper der Nomaden und sog sie in sich hinein. Ihre Schatten leuchteten auf dem Sand nach und verschwanden dann spurlos wie die Männer und Frauen.

Der goldene Tod dehnte sich weiter aus, erfaßte die bizarren Felsformationen in der Ebene genauso wie die Dünen am Rand der Wüste. Keine vier Schritte von der Kuhle entfernt, wanderte er vorüber, nahm Rianna die Sicht auf ihre Umgebung und machte alle ihre Hoffnungen auf eine schnelle Flucht zunichte.

Und dann, ehe ihre Augen dem Vorgang folgen konnten, erlosch das Licht. Der Ausblick auf die Dünen war wieder vorhanden. Rianna sah, daß sich die fliegenden Zelte in Richtung Solarisso entfernten.

»Hast du gut gemacht«, raunte der Schwaf und rollte sich von ihr herunter. »Ein paar Augenblicke befürchtete ich, du würdest den Verstand verlieren und einfach losrennen.«

Rianna kam sich vor, als habe ihr jemand mit einer schweren Stange ins Gesicht geschlagen. In ihrem Kopf rasten bunte Blitze. Der Gedanke, daß die fliegenden Zelte einen Teil ihres Stammes vernichtet hatten, brachte sie an den Rand ihrer Beherrschung.

»Viel hat nicht gefehlt«, antwortete sie dem Schwaf. »Laß uns schnell von hier verschwinden. Ich muß Firbo,

Termini und Likwide finden. Wir müssen sie und die anderen Jägerinnen warnen.«

»Pech für dich. Unser Weg führt hier lang!« Der Schwaf sprang aus der Kuhle und deutete mit dem Stöckchen in Richtung der Kuppel. Lyrant war inzwischen fast untergegangen. Nur ein winziges Stück seiner Rundung hing neben Solarisso über dem Horizont, wurde aber rasch kleiner. »Und zudem redest du von Toten, als würden sie noch leben.«

»Das goldene Leuchten hat auch sie erreicht?«

»Nein. Hast du den Riesenkalbrus vergessen? Er hat sie getötet.«

»Irrtum! Dann müßte auch ich tot sein.«

Der Schwaf druckste eine Weile hin und her.

»Ich weiß nicht, wie ich es dir sagen soll. Aber du warst gar nicht dabei.«

»Aber ich habe es doch gesehen. Und ich erinnere mich an den Schmerz, als das Ungeheuer mit seinen riesigen Hufen Löcher in meinen Körper trat.«

»Das muß an einem anderen Ort und zu einer anderen Zeit gewesen sein. Frage mich nicht, wo. Wir sollten aufbrechen.«

»Du bist verrückt. Ich habe nichts mit dir zu schaffen und lasse mir von dir nichts vorschreiben. Nicht von einer Illusion.«

»So. Dann paß mal auf!«

Der Schwaf bewegte sich rasend schnell. Sie trat nach ihm, doch er erwischte sie über dem Schuh und biß ihr ins Bein. Sie schrie auf und warf sich zur Seite.

»Das wirst du mir büßen.« Winzige Blutstropfen traten aus der Wunde und färbten den Schuh.

»Komm jetzt! Nur unter der Kuppel hast du eine Überlebenschance.«

Rianna sagte nichts mehr. Die Schmerzen in ihrem Bauch kehrten zurück und entlockten ihr einen Seufzer.

Langsam tappte sie hinter dem Stöberer her, der sich bereits auf den Weg gemacht hatte.

Mit untrüglichem Instinkt suchte sich der Schwaf seinen Weg ans Ziel. Immer wieder blieb er stehen oder legte sich hin und wartete, bis Rianna zu ihm aufgeschlossen hatte. Mit dem Stöckchen malte er seltsame Zeichen in den Sand. Sie erinnerten entfernt an Dinge, die sie zu kennen glaubte. Dennoch konnte sie nichts damit anfangen.

»Das sind Zeichen aus der Sprache meines Volkes«, belehrte sie der Schwaf und führte ihr erneut vor Augen, welchem Irrglauben sie und alle Skrekada bisher aufgesessen waren.»Wir sind die Hüter der Wüste. Gefällt dir das?«

»Es gefällt mir schon. Aber es ist alles so ungewohnt. Viele Generationen lang haben wir euch gezähmt und zur Jagd benutzt. Wieso habt ihr euch das gefallen lassen?«

»Es war die einzige Möglichkeit, in eurer Nähe zu sein. Wir sind wenige und suchen die Geselligkeit.«

»Was heißt das, ihr seid wenige?«

»Ein paar Dutzend höchstens. Vielleicht auch hundert. Allerdings ist es möglich, daß wir schnell mehr sind. Ich glaube, daß unsere Population einen enormen Sprung nach vorn getan hat. Jetzt, während wir uns unterhielten.«

»Du lügst. Das kann nicht sein.«

»Nein? Und wie erklärst du das?«

Der Schwaf löste sich auf und erschien neben einem Felsen, fünfhundert Schritte weiter. Er winkte mit dem Stöckchen, und sie rannte auf ihn zu. Die Felsen gewährten ihnen einigermaßen Schutz vor Entdeckung.

»Du kannst zaubern. Aber es beeindruckt mich nicht.«

»Hier warten wir. Wir erhalten Gesellschaft.«

Aus den Schatten der bizarren Gesteinsformationen lösten sich Gestalten. Dutzende der Stöberer huschten herbei und bildeten einen Kreis um Rianna und ihren Begleiter.

»Schau dort.« Der Schwaf deutete mit dem Stöckchen zu den Dünen am Rand der Wüste. Hunderte dieser Tiere tauchten aus dem Sand auf und rannten in grotesken Sprüngen an den Dünen entlang, wühlten im Sand, sprangen in die Luft und verschwanden dort, als habe die Atmosphäre sie einfach aufgesaugt.

»Sie sind überall. Sie prüfen alles und kümmern sich um jeden Schaden, der entstanden ist«, verkündete der Schwaf. Eine kurze Handbewegung mit dem Stöckchen, und Rianna war wieder mit ihm allein.

»Schaden?« Sie hatte Mühe, ihre Gedanken beisammenzuhalten. Lediglich der Gewöhnungseffekt verhinderte, daß sie in dieser Welt voller Unwirklichkeit den Verstand verlor.

*Vergiß den Schwaf und sein Gerede,* redete sie sich ein und setzte ihren Weg in Richtung Solarisso fort. Die Kuppel wuchs immer höher vor ihr auf und beflügelte ihre Phantasie. Gleichzeitig spürte sie die Anzeichen des ersten Schwächeanfalls. Ihre Gelenke nahmen die Konsistenz von Brei an, und sie mühte sich vergebens, einen geraden Gang zustande zu bringen.

»Da hast du es«, sagte der Schwaf neben ihr. »Du läßt dir zuviel Zeit. Wenn du so weitermachst, erreichst du dein Ziel nie.«

Sie ging schneller und richtete ihre Aufmerksamkeit auf die Kuppel. Je länger sie das Gebilde anstarrte, desto mehr gewann sie den Eindruck, daß es sich mit derselben Geschwindigkeit von ihr entfernte, mit der sie es zu erreichen versuchte. Als sie ihre Augen bewußt in eine andere Richtung lenkte, wanderte die Kuppel mit.

Irgendwann blieb Rianna stehen und rieb sich die Augen.

»Es hat keinen Sinn. Genauso gut kann ich umkehren und nach einem Platz in der Wüste Ausschau halten, wo noch etwas Eßbares wächst.«

»Zu spät. Das hättest du dir früher überlegen müssen.«

Es war sinnlos, ihn darauf hinweisen zu wollen, daß sie gar keine andere Möglichkeit gehabt hatten, als das Lager aufzugeben und sich in Richtung Stadt zu wenden. Und der Schwaf hatte ihr persönlich nicht einmal eine Wahl gelassen.

Vielleicht wußte er wirklich besser, was gut für sie war.

Seite an Seite eilten sie weiter. Der Schwaf hielt das Stöckchen im Maul, damit es ihn nicht behinderte. Ab und zu knirschte es, wenn er ein wenig von dem Holz abbiß und ausspuckte. Sie rannten zur nächsten Felsformation und sondierten aus der Deckung heraus das Gelände.

Der schmerzhafte Druck in Riannas Bauch stellte sich als Dauergast ein. Er behinderte sie immer stärker, und sie versuchte mit allen Mitteln, ihn zu ignorieren. Gleichzeitig verschwand auch der merkwürdige Eindruck, die Kuppel würde ihnen ausweichen. Bald ragte sie wie ein Gebirge vor ihnen auf. Aus verklebten und brennenden Augen musterte Rianna das Gebilde. Es schimmerte ölig und schien trotz seiner Durchsichtigkeit hohe Festigkeit zu besitzen. Es verschwand im Sand der Ebene und erinnerte sie irgendwie an ein etwas zu groß geratenes Rundzelt. Sie entdeckte erste Details dessen, was sich hinter der künstlichen Wand befand. Grüne, blaue und gelbe Farben leuchteten ihr entgegen. Vage begriff sie, daß die Kuppel etwas wie einen Schnitt in der Landschaft bildete. Dahinter gab es – ein Paradies.

Atemlos langte Rianna vor der steilen Wandung der Kuppel an. Sie starrte hindurch auf die blühenden Gärten und die grünen Wiesen. Sie entdeckte keine einzige Sandfläche. Die Pflanzen wirkten alle kräftig und saftig, so ganz anders als das Gesträuch, das in der Einöde wuchs.

Der Schwaf schleuderte Chierros Stöckchen davon. Es prallte gegen das Material. Ein heller Ton erklang, fast wie Metall.

Sie trat dicht an die Kuppel und ließ ihre Krallen über die Oberfläche schrammen. Kein einziger Kratzer war zu sehen. Die Kuppel war ebenso vollkommen wie alles, was sich dahinter befand.

»Wir müssen einen Eingang finden.« Sie sprach es gehetzt, und ihr Begleiter maß sie mit einem verständnislosen Blick. Zumindest bildete sie es sich ein.

»Soweit ich sehen kann, gibt es keinen«, erwiderte der Schwaf. »Warte. Ich sehe nach, wieweit das Gebilde in die Tiefe reicht.«

Er begann zu graben und verschwand bald aus ihrer Sicht. Als er wieder auftauchte, war sein Fell über und über mit Sand verklebt.

»Es ist aussichtslos.« Er schüttelte sich und spritzte die Jägerin mit feuchtem Sand voll. In weiten Sätzen begann er an der Kuppel entlangzujagen, und Rianna folgte ihm, so gut es ging. Ihre Beine wurden immer schwerer, und ihr Atem ging rasselnd. Eine Stunde höchstens noch, dann war sie am Ende.

»Nicht so schnell«, japste sie, als sie den Schwaf hinter einem Sandhügel dahinspringen sah.

»Keine Sorge. Ich bleibe in deiner Nähe.«

Sie verlor ihn aus den Augen und hielt erschöpft inne. Neben der Kuppel sank sie zu Boden, und ihre Hände fuhren durch den Sand. Die blühende Landschaft zog sie erneut in ihren Bann, doch das erwartete Gefühl totaler Überwältigung blieb aus. So, als habe sie das Paradies vor langer Zeit bereits einmal gesehen.

Aber das konnte nicht sein. Sie war nie in ihrem Leben in dieser Gegend gewesen. Auch als Kind nicht. Alle ihre Vorfahren kannten Solarisso nur vom Hörensagen. Nie war ein Skrekada der letzten zwanzig Generationen der Kuppel auch nur auf Sichtweite nahegekommen.

Ein grünes Flimmern hoch über dem Boden lenkte ihre Aufmerksamkeit von der blühenden Landschaft weg. Droben über dem Paradies bewegten sich grell leuchtende Gebilde. Wie fliegende Büsche sahen sie aus. Sie näherten sich der Kuppelwandung und durchdrangen sie mühelos. Zehn Stück waren es. Als der Schwaf sie erblickte, schrie er ihr eine Warnung zu und tauchte ab. Er ließ sich einfach in eine Senke fallen und grub sich in den Sand.

»Feigling«, zischte Rianna und hielt nach den Felsbastionen Ausschau. Aber alle befanden sich zu weit entfernt, als daß sie ihr als Deckung hätten dienen können. Außerdem war es längst zu spät für eine Flucht. Die merkwürdigen Gebilde stießen wie Raubvögel auf sie hinab. Ihre Flugbahnen ließen keine andere Erklärung zu. Sie hatten die Jägerin entdeckt.

Rianna besann sich auf die bewährte Fluchttaktik von kleineren Wüstenbewohnern. Haken schlagen und dadurch den Beutegreifer ins Leere laufen lassen. Allerdings – und das war sie sich von Anfang an bewußt – galt auch in ihrem Fall: Viele Schwafe sind des Kalbrus' Tod.

Alles, was ihr Körper noch an Energie zu bieten hatte, holte sie aus ihm heraus. Sand spritzte unter den gewaltigen Schlägen ihrer Füße. Rianna rannte von der Kuppel weg in Richtung der Felsen, warf sich dann nach rechts und unterlief die grünen Kegel.

Plötzlich war wieder der Schwaf neben ihr.

»Dummkopf«, fuhr er sie an. »Das sind Maschinen. Sie sehen alles. Wenn sie wollten, bräuchten sie einen einzigen Schuß, um dich zu töten. Da!«

Ein greller Lichtblitz raste herab und traf die Felsen. Sie schmolzen wie Kalbrusfett in der Sonne. Und es handelte sich beileibe nicht um einen Fehlschuß, sondern um eine Demonstration.

»Sie wollen dich lebend. Du hast nichts zu befürchten.«

»Pah!« Rianna hielt wieder auf die Kuppel zu und preßte sich dicht an das Material. Die grellen, grünen Kegel würden es nicht wagen, die Wandung des Paradieses zu beschädigen.

Der nächste Schuß aus einem der Kegel schlug schon näher bei ihr ein. Die Maschinen setzten die Treffer auf einer geraden Linie in den Sand, und die glasige Spur der geschmolzenen Körnchen bewegte sich immer weiter auf sie zu. Noch vierhundert Schritte, dann dreihundert, zweihundert …

»Was haben sie vor?« keuchte Rianna.

»Keine Ahnung. Mach die Augen zu.«

Sie versuchte es, aber dann hörte sie den Einschlag des nächsten Lichtfingers und riß sie wieder auf.

Noch hundert Schritte.

Rianna rannte los, aber der Schwaf warf sich ihr zwischen die Beine und brachte sie zu Fall.

»Die Wandung«, bellte er. »Versuch sie zu durchdringen.«

»Sie ist undurchdr …«

Er warf ihr mit den Pfoten Sand ins Gesicht. Dort, wo sie vor ein paar Atemzügen noch gestanden war, schlug der Energiestrahl eines der Roboter ein.

»Schnell. Rette dein Leben.«

Vor lauter Sand in den Augen nahm sie die Umgebung nicht mehr richtig wahr. Sie fiel gegen die Kuppel und hielt sich fest.

Die Kuppel durchdringen – es war möglich. Die Roboter hatten es bewiesen. Irgendwie mußte es gehen.

*Du spürst keinen Widerstand!*

Hinter ihr entfachte ein Energiestrahl Hitze und ließ ihre Schuppen sich flach an den Körper legen.

*Die Kuppel ist nicht wirklich. Keine Realität. Chierro hat dir erklärt, wie es zusammenhängt. Ein Schwaf kann nicht wirklich sprechen. Du träumst, und im Traum ist alles möglich.*

Wie aus weiter Ferne hörte sie ein Zischen und spürte die unsägliche Hitze, die sie vorwärts schleuderte.

*Eine Illusion – keine Wirklichkeit.*

*Schwafe können nicht reden.*

Ihr Körper schien von der Gewalt einer Explosion zerquetscht zu werden.

*Dies alles ist nicht wirklich!*

## 4. Ianno

»Du hast dich also entschlossen«, flüsterte die Stimme aus dem Terminal ihm zu. »Keine Angst, der kleine Kasten ist abgeschirmt. Du kannst mich nur deshalb hören, weil du das Amulett trägst, das deine Mutter dir vermacht hat. Viel ist geschehen, seit Solarisso die erste Rückkehr der Schläfer eingeleitet hat. Du warst damals noch ein kleiner Junge und hast es gar nicht richtig mitbekommen, daß Solarisso uns regelmäßig in die Kammern geschickt hat. Immer eine Hälfte der Bevölkerung ist wach. Die andere schläft. Du hast also nur die Hälfte eines Lebens, um den Fehlern in den Systemen der Stadt auf die Spur zu kommen. Und du hast einen mächtigen Gegner. Solarisso duldet nicht, daß jemand Einblick in seine Geheimnisse erhält. Hüte dich vor ihm. Wenn er das ist, wofür ich ihn halte, dann ist dein Leben in Gefahr. Tu nichts, was seinen Argwohn ...«

Ianno verspürte ein Prickeln im Nacken, ein untrügliches Zeichen für Gefahr. Er ließ sich zur Seite fallen, rollte sich über die Armlehne ab und brachte sich unter dem Sessel in Sicherheit. Eine metallisch glänzende Peitsche sauste durch die Luft und schlug in die Konsole ein. Sie hinterließ eine tiefe Delle und brachte die leise Stimme zum Verstummen.

Ein Grünfluo!

Leuchtend hing der Roboter über ihm und fuhr seinen Lamellenarm wieder ein. Rote Linsen musterten Ianno. Dann schwebte der Kegel in Richtung Ausgang davon, als sei nichts geschehen.

Die Grünfluos waren nicht nur fremdartig, sondern auch gefährlich. Man sah sie höchstens, hörte sie aber nicht kommen. Sie bewegten sich lautlos durch die Luft.

Eine ganze Weile lag Ianno reglos da und starrte dem

Kegel nach. Erst als der Türmelder anzeigte, daß der Roboter den SET verlassen hatte, erhob er sich.

*Ich muß mich vor ihnen hüten*, dachte Ianno Iannod intensiv. *Bestimmt waren sie an dem Anschlag auf meinen Vater beteiligt.*

Und: *Solarisso, ich hasse dich!*

Die Stimme seines Vaters meldete sich nicht wieder. Der Roboter hatte das winzige Zusatzaggregat im Terminal zerstört. Vielleicht hatte er trotz der Abschirmung mitgelauscht. Dann würde der Herrscher das Verhalten des Sohnes besonders aufmerksam studieren.

War es Zufall oder Absicht, daß der Vorfall ohne Zeugen stattgefunden hatte? Der Personalbestand des SETS war mit zwei Personen ausgewiesen. Der zweite Mitarbeiter hieß Tess Tessmer, doch er blieb an diesem Tag der Arbeit fern. Niemand kontrollierte das, niemand fragte nach. Der Automat in der Desinfektionsschleuse nahm es zur Kenntnis, daß nur Ianno Iannod den SET betreten hatte.

Der Skrekada tastete nach dem winzigen Amulett auf seiner Brust und starrte auf die beiden Bildschirme vor sich. Sie spulten ohne Unterlaß Informationen über die Kammern und die Schläfer ab. In Kammer siebenundvierzig schwankte die Zufuhr an Nährstoffen, aber sie erreichte keinen gefährlichen Wert.

Er vertiefte sich in die Statistik dieses und ähnlicher Vorfälle. Bisher war keiner der Schläfer dadurch ums Leben gekommen oder in seiner Gesundheit geschädigt worden.

Ianno machte sich an die Überwachung der Programme. Auf dem Hauptmonitor flirrte die übliche Aufforderung zur Kodeeingabe. Danach erschien das Hauptmenü in Gestalt eines umfangreichen Verzeichnispfades. Die einzelnen Verzweigungen enthielten Kürzel für jeweils eine von über hundert Themengruppen.

Ianno drückte *Kammersteuerung*. Das Bild wechselte und zeigte ein weit verzweigtes Netz mit genau hundert Zielpunkten, entsprechend den hundert Kammern der Schläfer. Die Systeme meldeten keine Störungen, und die Krallen des jungen Skrekada kratzten weiter über die Eingabeleiste des Terminals. Er rief mehrere Testprogramme auf und ließ den Automaten eine Hochrechnung anstellen. Unter Einbeziehung aller bisherigen Vorkommnisse legte ihre Welt noch einen halben Lauf um den weißblauen Stern zurück, ehe es erste, umfassende Opfer gab. Ianno schien das zunächst viel Zeit zu sein. Je mehr Stunden er aber an dem Terminal verbrachte, ohne daß die Programme zu brauchbaren Ergebnissen oder Lösungen kamen, desto mehr gelangte er zu der Überzeugung, daß die Zeit nicht einmal für eine Bestandsaufnahme der fehlerhaften Anlagen reichte. Von einer Beseitigung der Fehler ganz zu schweigen.

Verbissen arbeitete er weiter und tastete sich Stück für Stück durch die Stadt. Strecken, die er bisher bei seiner Arbeit als Energietechniker zu Fuß hinter sich gebracht hatte, legte er jetzt innerhalb kürzester Zeit auf elektronischem Weg zurück.

Ianno begann, das Netz von Solarisso zu erforschen.

Irgendwann schrak er hoch. Vergeblich tastete er nach seinen Kissen. Sie fehlten. Dafür stieß er gegen einen harten Widerstand, der sich als die metallene Abdeckung seines Terminals entpuppte. Ein wenig ratlos richtete er sich auf und sah sich um. Die beiden dunklen Ruhelampen an der Wand erhellten die Umgebung nur unzureichend.

*Ich bin auf dem SET,* erkannte er und fand allmählich in die Wirklichkeit zurück. Das behagliche Gefühl der heimischen Schlafstatt wich der Erkenntnis, daß er sich an seinem Arbeitsplatz befand und über der Arbeit eingeschlafen war. Wann war das gewesen?

Ruckartig richtete er sich auf. Seine Erinnerung kehrte zurück und machte ihn darauf aufmerksam, daß er als letztes die Prüfroutinen eins bis vier auf den Weg geschickt hatte. Wieso zeigten die Bildschirme nichts an?

Umständlich klappte er die Abdeckung hoch und drückte das Feld für die Monitoren. Nichts geschah. Keiner der Schirme erhellte sich. Sie befanden sich nicht im erwarteten Screensave-Modus, sondern waren abgeschaltet.

Der Skrekada erhob sich und ging eine Weile hin und her. Die Bewegung machte seinen Kopf wieder klar. Er blieb vor seinem Arbeitsplatz stehen und betrachtete nachdenklich das Terminal. Hatte er alles abgeschaltet, bevor ihn Müdigkeit übermannte?

Vielleicht mutete er sich zuviel zu, und jetzt litt er unter den Folgen der geistigen Überanstrengung.

Nein, das konnte er nicht sein. Etwas stimmte nicht. Der Becher, aus dem er die halbe Nacht getrunken hatte, stand nicht mehr an seinem Platz. Er befand sich überhaupt nicht auf dem SET. Und der nächste Abfallbehälter stand draußen, außerhalb der Dekontaminationsschleuse.

Der junge Skrekada wandte sich ab und eilte zur Schleuse. Er gab seinen Kode ein und aktivierte den Automaten.

»Wann habe ich den SET zum letzten Mal betreten?«

»Gestern morgen. Zum Beginn der siebten Stunde.«

»Und ich habe ihn bis jetzt nicht verlassen?«

»Nein. Du hast mehrmals die Toilette aufgesucht. Mehr ist mir nicht bekannt.«

»Wer hat sich heute nacht außer mir in den Anlagen aufgehalten?«

»Niemand.«

»Bist du sicher? Auch Tess Tessmer nicht?«

»Auch er nicht. Er wird in einer knappen Stunde auf den SET zurückkehren.«

»Danke.«

Ianno eilte zu seinem Platz zurück und warf einen Blick auf den Zeitmesser. Er zeigte die sechste Morgenstunde an. Als er eingeschlafen war, mußte es weit nach Mitternacht gewesen sein.

Nachdenklich aktivierte er sein Terminal und rief die Programme auf, mit denen er gearbeitet hatte. Hastig hämmerten die Krallen seiner Hände auf die Tastatur.

STANDORT DER PRÜFROUTINEN!

Ein Flirren zog über den Schirm und löste sich auf. Dann kam die Antwort: WERDEN GESUCHT.

Wenigstens etwas. Insgeheim hatte er schon befürchtet, das Terminal sei kaputt.

KEINE PRÜFROUTINEN. ERBITTE NÄHERE ANWEISUNGEN!

Ianno gab ein Ächzen von sich. Wieder klackten die Krallen schnell über die Tastatur. Er rief den Pfad auf, wo er sie unter anderem Namen abgelegt hatte.

Da war nichts. Die Arbeit eines halben Tages und einer halben Nacht existierte nicht mehr.

Der Skrekada rief das Log auf und starrte entsetzt auf die Informationen. Hinter jedem Vermerk stand als Urheber sein eigener Kode. Er selbst hatte die Prüfroutinen gelöscht.

Er fuhr empor. Das konnte nicht sein. Es war ganz und gar unmöglich. Und dennoch ...

»Was war heute nacht los?«

Verzweifelt steuerte er alle Automaten des SETS an und hielt nach den Markierungen Ausschau. Er überprüfte alle Logeinträge und sank danach enttäuscht in einen Winkel zwischen den Aufbauten.

Alles weg. Alles zunichte.

*Ich kann es nicht gewesen sein,* hämmerten die Gedanken in seinem Kopf. Niemand tut so etwas. Nicht einmal im Schlaf.

Und doch deutete alles darauf hin.

Verzweifelt machte er sich daran, seine Arbeit zu rekonstruieren. Gleichzeitig blieb er jedoch wachsam und behielt die Umgebung im Auge. Zwei Stunden verrannen, ohne daß Tressmer erschien.

Ianno wechselte die Arbeitsebene, rief ein Kommunikationsprogramm auf und fragte nach dem Verbleib des Kollegen. Die Auskunft stellte ihn ebensowenig zufrieden wie alles, was ihm seit dem Tod seines Vaters widerfahren war.

»Tessmers Aufenthalt ist unbekannt«, lautete die einfache Auskunft der zentralen Verwaltungsstelle. »Das Gerät in seiner Wohnung meldet sich nicht.«

Entschlossen löschte Ianno die Rekonstruktionen und meldete sich ab. Er verließ den SET, ertrug geduldig die Prozedur der Dekontaminierung und eilte zum nächsten Lift, der ihn hinauf auf die Ebene der Hochstege trug. Dort oben kam er am schnellsten vorwärts. Zur Not wäre er sogar wie schon einmal in einer Gondel gefahren.

Über die Stege erreichte er die Wohnung des Kollegen schneller als durch die Straßenschluchten. Dort mußte er zu viele Umwege gehen. Hier oben gab es nur direkte Verbindungen, ein richtiges Netz aus grazilen, zerbrechlich aussehenden Konstruktionen, die einen Großteil der Hochhäuser miteinander verbanden.

Ianno Iannod kam zu spät. Unter der Eingangstür sah er gerade noch den furchtbar zugerichteten Körper von Tess Tessmer. Dann deckten die Männer der Rettungsbrigade auch schon ein Tuch über ihn und legten den

Körper auf eine Bahre. Am Fußboden blieb eine Blutlache zurück.

»Es ist schon merkwürdig«, hörte Ianno einen von ihnen sagen. »In letzter Zeit wird in Solarisso recht viel gestorben. Die Zahl der gewaltsamen Todesfälle hat in den zehn Jahren seit der Katastrophe mit den ersten Rückkehrern um hundert Prozent zugenommen.«

Sie trugen den Toten hinaus, ohne auf Ianno zu achten. Dieser versuchte, einen Blick in die Wohnung zu erhaschen. Die Automatik jedoch schloß die Tür schneller als üblich.

Der Skrekada kehrte um und ging über den Steg zurück zum nächsten Gebäude. Die Gestalt im Schatten des Aufzugs bemerkte er erst, als sie ihn ansprach.

»He, komm her! Ich muß mit dir reden.«

Er tauchte in das Halbdunkel ein und warf einen skeptischen Blick durch die offene Lifttür. In der Kabine stand eine Frau und winkte ihm.

»Was willst du von mir?«

»Steig ein. Sonst merkt man noch etwas. Und dann ist alles zu spät.«

»Na gut.«

Er trat ein, und die Kabine schloß sich.

»Wir sind hier ungestört. Es gibt keine Abhöranlagen wie sonst überall in der Stadt.«

»Was willst du damit sagen?«

»Solarisso ist durch und durch verwanzt. In jedem Winkel lauern Mikrofone und winzige Kameras. *Er* beobachtet uns ununterbrochen.«

»Von wem sprichst du?«

»Vom Herrscher. Von wem sonst.«

Die Skrekada gehörte den mittleren Altersschichten in der Stadt an. Sie strahlte Selbstbewußtsein und Eleganz aus.

»Das glaube ich nicht«, stieß Ianno hervor.

Sie zeigte ihm Bilder, Aufnahmen aus allen Teilen der Stadt. Es gab kein einziges Bild, zu dem nicht eine Ausschnittsvergrößerung existierte. Und auf jeder ließen sich eindeutig die winzige Linse und die Öffnung eines Mikrofons identifizieren.

»Reicht das?«

»Ja.«

»Deshalb mußte Tess sterben«, fuhr die Frau fort. »Er wußte zuviel und hat nicht aufgehört, Informationen über den Herrscher zu sammeln. In gewisser Weise hat er dasselbe Schicksal erlitten wie dein Vater.«

»Was weißt du von meinem Vater?« fragte er schnell.

»Er und Tess haben eng zusammengearbeitet. Sie haben nie darüber gesprochen, aber jeder wußte vom anderen, wonach er suchte. So gut es ging, schützten sie sich gegenseitig vor Entdeckung. Tess hat deinem Vater einmal die Bilder gezeigt und ihn endgültig überzeugt.«

»Und jetzt sind beide tot. War es das, was sie wollten? Ich glaube nicht. Mein Vater hätte gern noch ein paar Jahre gelebt.«

»Solarisso entschied, daß sein Leben zu Ende ist. Auch ich bin in Gefahr. Irgendwann wird er auch mir auf die Spur kommen. Geh jetzt. Du hörst von mir. Ich werde dich zu finden wissen, Ianno Iannod. Und denke daran, du bist nicht allein.«

Die Tür öffnete sich, und der junge Skrekada stand wieder im Freien. Als er sich umdrehte, hatte sich der Aufzug bereits geschlossen und fuhr abwärts. Er gab sich Mühe, kein Aufsehen zu erregen, und kehrte auf den SET zurück.

Vermutlich beobachtete die Frau ihn schon seit längerer Zeit, ohne daß er etwas davon bemerkt hatte. Besonders ihr letzter Satz ging ihm nicht aus dem Sinn.

Wollte sie damit sagen, daß es noch mehr Bewohner der Stadt und ihres Umlandes gab, die sich Gedanken über Solarisso und die Funktionsfähigkeit der Stadt machten?

»Tess Tessmer ist tot«, sagte er, als er die Schleuse durchquerte und geduldig darauf wartete, daß die Prozedur endlich vorüber war.

»Die Information traf vor wenigen Augenblicken ein«, meldete der Automat.

Irgendwie hatte Ianno den Eindruck, daß er log oder daß jemand ihn mit falschen Informationen fütterte. Er suchte sein Terminal auf, klinkte sich in die Programme ein und rief erneut das Log auf.

Während seiner Abwesenheit hatten ihn zwei Personen besucht. Sie hatten denselben Kode benutzt wie er. Dabei unterschied sich dieser von den herkömmlichen Personenkodes durch mehrere Programmsequenzen.

Ianno Iannod saß reglos da und starrte auf den Bildschirm.

Es konnten nur Roboter sein. Vermutlich Grünflous. Sie hatten nach ihm gesucht oder seine Abwesenheit ausgenutzt. Sie wußten genau, daß Tess Tessmer nie mehr an seinen Arbeitsplatz zurückkehren würde.

Denn sie hatten sich nicht einmal die Mühe gemacht, das Log zu verändern oder zu löschen.

Der junge Skrekada wurde den Gedanken nicht mehr los, daß es an diesem Arbeitsplatz von Überwachungskameras nur so wimmelte. Der SET war eine einzige Falle. Wer auf ihm arbeitete, schien sich bereits durch seine Anwesenheit für den baldigen Tod zu qualifizieren.

Zwischen den hohen Gebäuden des Freizeitparks entstand Unruhe. Was es war, vermochte Ianno nicht sofort festzustellen. Er schob die beiden Bildschirme ein Stück auseinander, so daß er mit jedem Auge jeweils eine Wiedergabe betrachten konnte.

»Ebbo«, sagte er. »Schalte auf die dritte Reihe um. Was siehst du?«

»Ich bin kein Schüler, der dumme Fragen beantworten muß«, klang es von der anderen Seite des SETS herüber. »Glaubst du mich bevormunden zu müssen? Ich bin zwanzig Jahre älter als du.«

Daran lag es also. Seit Ebbo Ebbosh den Platz von Tess Tessmer eingenommen hatte, knisterte die Luft über den Steueranlagen nur so vor Spannung. Ebbosh trug einen ganzen Sack Probleme mit sich herum, und die Tatsache, daß Ianno jünger war und sich auf dem SET besser auskannte als er, machte die Sache nicht einfacher.

»Planquadrat achtzig-sechs-Fomula ist nicht in Ordnung«, fuhr der ehemalige Energietechniker ungerührt fort. »Etwas geht vor, aber ich weiß nicht was.«

»Mich geht das nichts an.« Ebbo Ebbosh tat, als vertiefe er sich in seine Daten-Vergleichslisten der Kammern siebzehn bis einundzwanzig. Ein leiser, kaum wahrnehmbares Klacken zeigte Ianno jedoch, daß die Neugier des Skrekada siegte. Seine Krallen flogen über die Tastatur und hielten dann übergangslos inne. Aber Ebbo schwieg.

Ianno Iannod beobachtete die Skrekada auf den Schirmen. Sie liefen wirr durcheinander, als wüßten sie plötzlich nicht mehr, was sie eigentlich gewollt hatten. Eine Gruppe, die eines der Gebäude verließ und zum nahen Fahrzeugplatz strebte, besann sich anders und änderte die Richtung. Die Männer und Frauen trennten sich und suchten ihr Heil in der Flucht.

Ianno drückte den gelben Knopf an der linken, oberen Begrenzung seines Terminals und beugte sich über das Mikrofon.

»Achtung, Sicherheitsbüro. Planquadrat achtzig-sechs-Fomula weist eine Unregelmäßigkeit auf. Seht mal nach.«

Das leise Wimmern einer Sirene aus dem Lautsprecher zeigte ihm, daß die Männer und Frauen in der Einsatzzentrale auf ihrem Posten waren.

»Du bist verrückt«, klang es von der anderen Seiten des SETS zu ihm herüber. »Ein Wichtigtuer. Was bildest du dir eigentlich ein?«

Ianno bekam einen dicken Hals, aber er beherrschte sich mustergültig und kompensierte seinen Zorn durch verlangsamte Atmung. Es ließ ihn ruhiger werden.

Entschlossen aktivierte er eines der Automatiksysteme und schickte eine Anfrage ins Fomula-Zentrum.

»Negativ«, unkte Ebbosh, der endgültig von seiner eigentlichen Aufgabe abließ und Ianno zusah. »Was sonst. Zum Glück gibt es ein Log, das jeden deiner Fehler protokolliert.«

»Natürlich. Du kannst es jederzeit abrufen und prüfen. Allerdings müßtest du dann auch deine eigenen Fehler anschauen.«

Fomula reagierte nicht. Die Steueranlagen des Planquadrats ließen sich nicht ansprechen. Zumindest nicht auf direktem Weg.

Zwischen den Gebäuden des Freizeitparks schoß etwas in die Höhe. Heller Rauch breitete sich aus. Nein, es kam Dampf aus einer Leitung.

Seine Krallen begannen die Tastatur zu bearbeiten. Zwischen den Aufbauten hindurch sah er, wie Ebbo Ebbosh ruckartig den Kopf hob. Bei dieser Eingabegeschwindigkeit hatte er Probleme, Iannos Absichten zu erkennen. Über den Log-Monitor des Terminals liefen die Kommandos an die Automatik. Dann tauchten in blauer Schrift die Ergebnisse von Iannos Bemühungen auf.

STEUERLINIE ZWEI ANSPRECHEN!

PLANQUADRAT ACHTZIG-FÜNF-FOMULA AUFRUFEN!

Der junge Skrekada gab seine Paßwörter ein. Der SET zählte zu den vorrangigen Anlagen der Stadt und besaß einen Vorzugskode. Die Verbindung baute sich im Bruchteil eines Atemzugs auf.

»Up-Info über PQ achtzig-sechs-Fomula«, gab Ianno ein. »Präferenz zwei.« Präferenz eins gehörte Solarisso.

»Anerkannt«, lautete die Bildschirm-Antwort. »Ich öffne den betroffenen Prozeß.«

Es war tatsächlich Dampf. In den Druckleitungen des Planquadrats herrschte aus noch unbekannten Gründen Überdruck. Er führte dazu, daß mehrere Rohre platzten, vermutlich die Zuleitungen zu den Heißwasserquellen des Freizeitparks.

Ebboshs Tastatur klapperte verzweifelt. Schließlich sprang er auf und drohte zu Ianno herüber.

»Du hast mein Terminal manipuliert«, schrie er. »Bestimmt hast du meinen Vorgänger mit solchem Terror in den Tod getrieben. Mich schaffst du nicht, das verspreche ich dir.«

Ianno hörte nicht hin. Er mißachtete den Kollegen einfach und steigerte dessen Zorn nur noch mehr. Ebbo Ebbosh zitterte am ganzen Körper und stierte vor sich hin. Plötzlich verschwand sein Kopf, dafür tauchte einer der Arme auf. Ein Gegenstand flog durch die Luft, streifte einen der Aufbauten und verfehlte Ianno um Haaresbreite. Das Ding krachte hinter ihm an die Wand und fiel zu Boden.

»Es gibt hier nicht nur ein Log, sondern auch eine Kameraüberwachung«, konterte er. »Solarisso wird dich austauschen lassen. Hysteriker sind eine Gefahr für den SET. Und jetzt beruhige dich. Ich habe zu tun.«

Längst hatte er sich für die Eingabe der gängigen Prüfbefehle Markos geschrieben, die alles gruppenweise zusammenfaßten und abarbeiteten. Die Rückmeldungen tauchten in Paketen auf dem Monitor auf.

Zwanzig Atemzüge benötigte Ianno auf diese Weise, um die blockierten Ventile zu finden und die Meldung an das Sicherheitsbüro weiterzuleiten.

»Danke«, hörte er die Stimme eines Technikers. »Wir schicken unsere Leute sofort hin. Bisher versuchen sie vergeblich, in achtzig-sechs an einen der Überdruckregler heranzukommen. Es ist aussichtslos. Der heiße Dampf hat sich überall in den technischen Ebenen ausgebreitet.«

Zwischen den Gebäuden wälzten sich verletzte Skrekada, die die Warnungen ihres Instinkts nicht ernstgenommen hatten. Skrekada besaßen eine ursprüngliche, genetik-immanente Beziehung zu Wasser jeder Art. Bildete sich irgendwo ein Wasserstau, reagierten sie durch Veränderung ihres Verhaltens. Kein Skrekada war in der Lage, in unmittelbarer Nähe einer Wasserleitung zu wohnen oder gar zu schlafen. Das Wasser wurde bei Bedarf aus unterirdischen Tanks in die Wohnungen hochgepumpt.

Die Fehlerquelle, wo steckte sie? Ianno konzentrierte sich auf die Suche. Es entsprach seinen Erfahrungen, daß diese Art von Unfällen eher durch das Versagen von Steuerprogrammen entstanden als durch Materialermüdungen. Die Leitungen im Bereich des Freizeitparks zählten zu den neueren Teilen, die den Recycling-Kreislauf mindestens einmal durchlaufen hatten.

Auf dem Set war es unheimlich still. Drüben, am Platz des zweiten Skrekada, rührte sich nichts. Ebbo Ebbosh zog es vor, den Mund zu halten und lediglich die Bildschirme zu beobachten.

*Was tut Solarisso?* fragte Ianno sich. *Beobachtet er nur, oder greift er auch ein?*

In den Systemen der Stadt war nichts davon zu erkennen.

Die Komplexität der Vernetzung Solarissos bereitete

Ianno nicht zum ersten Mal Kopfzerbrechen. Immer wieder stand er im übertragenen Sinn vor verschlossenen Türen, mußte Umwege gehen und Auswege suchen. Ab und zu geriet er in Sackgassen, echte oder vermeintliche. Einmal glückte es ihm, einen Zugang zu einer Datenleitung zu entdecken, die besetzt war. Wenig später steuerte er dieselbe Leitung ein zweites Mal an und stand vor dem Nichts. Das, was er suchte, gab es nicht.

Für Ianno gab es nur eine Erklärung. Er hatte zum ersten Mal eine der Verbindungen Solarissos tangiert. Das bedeutete, daß der Herrscher über ein eigenes Informationsnetz verfügte, das für niemanden sonst zugänglich war. Der junge Skrekada wurde nervös, aber er kämpfte dagegen an und verfolgte unbeirrbar sein Ziel. Trotz der Hektik seines Bemühens fand er Zeit, unbemerkt die winzige Speichernische seines Terminals zu aktivieren, in der er zwei Prüfroutinen abgelegt hatte. Er löste eine aus ihrer Abschirmung und fädelte sie als Begleitimpuls in seine Suchprogramme ein. Bei der Prüfroutine handelte es sich genau genommen um einen Virus, der sich an einen Steuerbefehl hängte und so auf die Reise durch das System ging. Überall, wo er andere Steuerroutinen traf, teilte er sich.

Das Fiepen am Terminal erinnerte Ianno an seine Aufgabe. Seine Suche nach einem Zugang zu den Steueranlagen der Heißwassersysteme war endlich vom Erfolg gekrönt. Er beugte sich vor und prägte sich die Angaben auf dem Monitor ein.

Ein leichter, kaum wahrnehmbarer Luftzug ließ ihn aufblicken. Ebbo Ebbosh befand sich schräg hinter ihm und holte zum tödlichen Schlag gegen seinen Hals aus. Ianno ließ sich blitzschnell aus dem Sessel fallen und riß beide Beine empor. Der Schlag des Skrekada traf die Sessellehne. Ebbosh stieß einen Schrei aus und fiel gegen den Sessel. Ianno trat seine Beine weg und brachte ihn zu Fall. Er wälzte sich zur Seite und packte den Widersacher von hinten.

»Bist du verrückt?« stieß er hervor. »Ein Hysteriker ohne Hemmungen. Du hast hier nichts zu suchen. Du gefährdest den SET, und du verhinderst, daß ich den Bewohnern der Stadt helfe. Verschwinde!«

Er deutete auf die beiden Bildschirme. An mehreren Gebäuden platzten die Fensterscheiben. Dampf quoll ins Freie, begleitet von Fontänen heißen Wassers.

Ianno packte Ebbosh und schob ihn in Richtung Ausgang.

»Ich werde Meldung über das Vorkommnis machen«, drohte er ihm. »Notfalls lasse ich dich mit Gewalt entfernen.«

Ebbo sagte nichts. Er umklammerte den schmerzenden Arm und wankte in Richtung seines Platzes davon.

Der Sessel ächzte, als Ianno sich hineinfallen ließ. Der Skrekada durchforstete die Speicher und fand nach langem Suchen den Fehler. Eines der Programme war korrumpiert. Die Steuerdateien enthielten Informationen, die aus anderen Programmen stammen mußten.

»Hilf mir!« rief er dem Kollegen zu. »Zu zweit schaffen wir es schneller.«

Aber Ebbo Ebbosh weigerte sich.

Ianno zerstörte entschlossen die korrumpierten Dateien und brachte damit die Steuerung zum Erliegen. Die Anlagen schalteten sich ab. Der Überdruck in den noch nicht zerstörten Systemen blieb zwar erhalten, aber er nahm nicht weiter zu. Die Techniker des Sicherheitsbüros konnten sich Zeit lassen, die Ventile von Hand zu öffnen und weitere Schäden am Leitungssystem zu verhindern.

Ianno Iannod lehnte sich erschöpft zurück.

»Du bist ein Saboteur«, fuhr er fort. »Man sollte dich in die Hölle außerhalb der Kuppel schicken.«

Er erhob sich und schritt hinüber zum Platz des Kollegen.

Ebbo Ebbosh war nicht mehr da. Ein Blick auf das Display an der Schleuse zeigte Ianno, daß der andere den SET verlassen hatte.

»Er ist ein schwieriger Skrekada«, meldete sich die freundliche Stimme Solarissos aus dem Nichts. »Dennoch werde ich ihn nicht wegschicken. Du wirst dich mit ihm arrangieren.«

»Nein. Er setzt das Leben der Stadtbewohner aufs Spiel. Er arbeitet gegen die Gemeinschaft. Und er wollte mich umbringen.«

»Er hätte es nicht geschafft, Ianno Iannod.«

Der junge Skrekada war sich da nicht so sicher.

»Du wirst zumindest versuchen ihn zu akzeptieren.«

»Es wird zu nichts führen. Du wirst es sehen.«

Da Solarisso nichts erwiderte, ging er davon aus, daß der Herrscher die Verbindung unterbrochen hatte.

Ianno machte sich daran, den Vorfall mit den Drucksystemen zu untersuchen. Das Ergebnis stand für ihn bereits fest. Die Fehler in den Steuerprogrammen stammten aus der Zeit, als das Unglück mit dem Erweckungsprogramm geschehen war.

Das Glitzern in der Fassade auf der anderen Straßenseite verriet die Gestalt, die hinter dem Vorbau wartete. Oder lauerte. Ianno rechnete mit allem, und er machte keinen Hehl daraus, daß er auch den Grünfluo hinter sich längst bemerkt hatte. Die Maschine folgte ihm bereits seit einer halben Stunde. Immer wieder tauchte sie in seinem Blickfeld auf. Ob es sich ständig um ein und denselben Roboter handelte, vermochte er nicht zu sagen.

Möglicherweise handelte es sich um eine Warnung. Aber wovor wollte Solarisso ihn warnen? Es gab nur eine Erklärung. Der Herrscher wußte über die Botschaft seines toten Vaters Bescheid. Die Abschirmung hatte nicht funktioniert. Und die Kegelroboter als verlängerte Arme des Herrschers bespitzelten ihn daher an allen Ecken und Enden.

*Wieso verfügt er über fliegende Maschinen, die hochwertiger sind als alles andere in der Stadt?*

Fragen, die Ianno rasch zurückstellte, denn inzwischen trennten ihn nur noch ein paar Schritte vom Ende des Vorbaus. Das Glitzern drüben in der Fassade veränderte sich. Die Gestalt hörte ihn kommen und bewegte sich.

Ianno duckte sich und sprang vorwärts. Aus dem Augenwinkel heraus sah er die krallenbewehrten Hände, die nach ihm greifen wollten. Sie faßten ins Leere, denn er befand sich ein gutes Stück weg von der Straße und aus dem Erfassungsbereich des Roboters hinaus.

Ein Tritt traf ihn und verhinderte, daß er auf die Beine kam. Im nächsten Augenblick war der andere über ihm und preßte ihn dicht gegen den Boden.

»Natürlich du«, zischte der junge Skrekada. »Was hast du eigentlich gegen mich?«

Der Griff Ebbo Ebboshs lockerte sich ein wenig. Er klammerte seine Beine um die Iannos und rollte mit ihm zur Seite, ohne ihn auszugreifen. Im nächsten Augenblick wich der Boden unter ihnen, und sie fielen in die Tiefe.

Dunkelheit umgab sie. Ianno spürte etwas wie eine Rutsche aus kühlem Metall unter sich, die sie hinabrasten. Die heftige Fahrt der beiden aneinander geklammerten Körper dauerte etliche Atemzüge, ehe weicher Schaumstoff sie auffing. Schwaches Licht zeigte einen oval geschnittenen Raum, durch den Versorgungsleitungen liefen. Ebbo Ebbosh ließ von ihm ab und richtete sich auf.

»Für wie dumm hältst du mich eigentlich?« fuhr er ihn an. Die eher zurückhaltende Stimme des Hysterikers irritierte den jungen Skrekada. Der Kollege machte keine Anstalten, sich auf ihn zu werfen und endlich sein Vorhaben auszuführen.

»Ein Grünfluo ist hinter mir her«, flüsterte Ianno Iannod. »Mein Verschwinden dürfte ihm nicht entgangen sein.«

»Das denke ich auch. Solarisso läßt dich bespitzeln. Mich hat er allerdings nicht gesehen, denn genau in dieser Ecke besitzt er kein Auge. Wahrscheinlich will er dir Angst einjagen, damit du nicht denselben Weg beschreitest wie dein Vater!«

»Was weißt du von meinem Vater?« begehrte Ianno auf. Ebbo legte ihm eine Hand auf den Mund.

»Nicht viel«, sagte er. »Die Frau aus dem Aufzug hat dir versprochen, sich mit dir in Verbindung zu setzen. Nun gut, ich bin der Bote. Ich soll dich in unser Versteck bringen.«

»Versteck?«

»Los jetzt. Die Kabine wartet.«

Er zog Ianno davon, durch etliche Kabelschächte und zwischen Energie führenden Röhren entlang. Der frühere Energietechniker wußte über jeden Draht und jede Leitung genau Bescheid. An einer Krümmung öffnete Ebbosh eine gut versteckte Klappe im Boden und stieg nach unten.

»Komm endlich! Sie werden bald hier sein. Diesen Weg können wir nur ein einziges Mal benutzen. Danach wird Solarisso seine Augen auch hier haben.«

Ianno folgte ihm. Ein enger Schacht mit einer Sprossenleiter führte mehrere Etagen nach unten. Ebbosh führte eine winzige Stablampe mit sich. Unterwegs schloß er mehrere Zwischenböden aus dickem Stahl.

»Dies haben wir alles in mühsamer, jahrelanger Arbeit geschaffen. Es gibt Dutzende solcher Wege unter der Stadt. Ab und zu findet Solarisso eine Spur, aber sie endet jedesmal im Nichts.«

Sie verließen den Schacht, bevor er endete. Ianno fand sich in einem Stollen wieder, der leicht abwärts führte. An seinem Ende wartete ein zylinderförmiger Gegenstand auf sie. Es war die Kabine, die Ebbo Ebbosh gemeint hatte. Sie zwängten sich hinein und schlossen die Klappe.

»Das Prinzip ist einfach«, erklärte Iannos Entführer in das Halbdunkel hinein. »Ich ziehe hier an diesem Draht, an dessen Ende eine Glocke läutet. Daraufhin setzen meine Begleiter die Winde in Betrieb. Etwa fünfhundert Atemzüge wird es dauern, bis wir die erste Station unserer Reise erreicht haben.«

Es gab einen leichten Ruck, als sich das Gefährt in Bewegung setzte. Ianno starrte Ebbo Ebbosh unverwandt an. Nichts von dem, was er an ihm kannte, war vorhanden.

»Du verstehst es zu schauspielern«, sagte er nach einer Weile. »Ich hätte nie geglaubt, daß man sich mit dir normal unterhalten kann.«

»Meine Tarnung ist perfekt. Das ist die einzige Möglichkeit, um die Schlafphasen lebend zu überstehen.«

»Was willst du damit sagen?«

»Solarisso läßt nur die erwachen, die ihm unverdächtig erscheinen. Verstehst du das? Er regiert eine Insel inmitten der Hölle. Nichts darf schiefgehen, damit der Bestand unseres Volkes gesichert bleibt. Also handelt er nach festgefügten Grundsätzen. Und diese verbieten es, Gedanken zu hegen, die das System der Sicherheit gefährden könnten. Dazu ist Solarisso da.«

»Jeder macht Fehler, auch Solarisso«, bekräftigte Ianno. »Daß er meinen Vater getötet hat, war ein solcher Fehler. Du wirst mir vermutlich am Ziel unserer Reise eine Frage stellen. Ich kann sie bereits jetzt mit Ja beantworten.«

»Mache dir lieber Gedanken darüber, wie du zurück in deine Wohnung gelangst, ohne daß ein Verdacht an dir haften bleibt.«

»Das ist deine Sache. Du hast mich entführt. Nun sorge auch dafür, daß ich zurückkehren kann und eine glaubhafte Erklärung für mein Verschwinden habe.«

»Wir werden uns etwas einfallen lassen«, versprach Ebbo Ebbosh. »Ja, ich denke, ich habe die Lösung schon gefunden.«

Die Kabine hielt an. Jemand klopfte in einem komplizierten Rhythmus gegen das Metall. Ebbo Ebbosh antwortete in derselben Weise. Die Klappe öffnete sich, und sie blickten in die Gesichter von zwei Skrekada. Beide trugen lange Messer in den Händen. In einem von ihnen erkannte Ianno die Frau aus dem Aufzug.

»Alles in Ordnung?« fragte sie.

»Ja.« Ebbo schob seinen Begleiter hinaus. »Gib mir die Flasche.«

Er besprühte das Innere der Kabine, um alle verräterischen Abdrücke und Stoffspuren zu beseitigen.

»Das Zeitfenster schließt sich in zweihundert Atemzügen. Danach sind sie nicht mehr in der Lage, unsere Spur zu finden«, fuhr die Frau fort und schärfte Ianno ein: »Mein Name und der meines Begleiters tun nichts zu Sache.«

Ianno blickte sich um. Sie befanden sich in einer weitläufigen Halle. Die Kabine gehörte zu einer Metallsäule, und als Ebbo die Klappe schloß, unterschied nichts mehr die Säule von den neununddreißig anderen, die das durchsichtige Dach trugen.

»Wir befinden uns in einer der Lagerhallen außerhalb der Stadt«, sagte die Frau, die sich an Iannos Seite hielt. »Die Transportkabine arbeitet ohne Energie und kann daher von fast keinem Kontrollsystem entdeckt werden. Es entsteht lediglich Reibungswärme, aber diese verfliegt ziemlich rasch, da der Weg meist durch kaltes Felsgestein führt.«

»Ein ziemlicher Aufwand, den ihr betreibt.« Ianno blickte sich nach Ebbo und dem anderen Mann um. »Ich habe viele Fragen dazu.«

Am Ausgang trafen sie mit sechs weiteren Skrekada zusammen. Ihrer kräftigen Statur nach bedienten sie die Winde. Die Anwesenheit Iannos nahmen sie kommentarlos zur Kenntnis. Er hatte den Eindruck, als blickten sie bewußt an ihm vorbei.

An die Halle schlossen sich die langen Bungalowreihen der Gärtnersiedlung an. Durch enge Gassen gingen die Männer mit der Frau ihrem Ziel entgegen.

»Die Gärtnerinnen und Gärtner befinden sich auf den Feldern«, sagte Ebbo. »Die, die sich in der Nähe aufhalten, gehören zu uns. Es ist gar nicht so einfach, die Schichten so zu legen, daß es keine zusätzlichen Mitwisser gibt.«

Ianno versuchte, die Orientierung zu behalten. Der nähere der beiden Monde hing hoch am Himmel und half ihm dabei. In der sechsten Gasse hielt die Gruppe endlich an und betrat ein flaches Haus. Die Frau deutete auf einen Eingang und dann auf Ianno.

»Bitte öffne diese Tür.«

Er tat es und blickte in ein Zimmer hinein. Den Möbeln nach war es ein Aufenthaltsraum.

»Da hinein wollen wir nicht«, sagte Ebbo. »Wenn du die Tür anders öffnest, dann führt sie in unsere Zentrale.«

Ianno benötigte etliche Atemzüge, bis er das Prinzip erkannte. Der Türrahmen war ziemlich tief, und wenn er die Tür schloß und links am Rahmen zog, dann gab dieser nach und klappte auf. Eine Treppe wurde sichtbar. Sie führte im Mauerwerk nach unten.

Die Frau stieß Ianno vorwärts. Hintereinander stiegen sie hinab, einem fernen Licht entgegen. Ebbo bildete den Abschluß und vergewisserte sich, daß kein Unbefugter den Türrahmen öffnen konnte.

Am Ende der Treppe gelangten sie in einen Vorraum, danach durch eine Schleuse in eine große Halle.

Mit allem rechnete Ianno, nur nicht damit. In der Halle standen viele Terminals. Dutzende von Blinklichtern zeigten an, daß ein Teil davon arbeitete. Ebbo Ebbosh trat neben ihn und deutete auf die Anlagen.

»Frag nicht, wo wir diese Dinger entwendet haben. Sie stammen aus Lagern, deren Koordinaten wir nicht mehr kennen. Diejenigen, die sie von dort weggeschafft und überall in der Stadt versteckt haben, leben nicht mehr.«

Ianno Iannod trat an eines der Terminals heran. Es unterschied sich nicht von seinem Terminal am SET.

»Dein Arbeitsplatz für die nächsten Stunden«, ermunterte Ebbo ihn. »Nutze deine Fähigkeiten für die Dinge, die bereits dein Vater herausfinden wollte.«

»War er hier? Kannte er das alles?«

»Ja«, bestätigten sie. »Er starb, weil Solarisso es nicht schaffte, dieses Wissen aus ihm herauszuquetschen. Nur wenige waren so talentiert im Umgang mit den Automaten und ihren Programmen. Du hast das Talent deines Vaters geerbt, Ianno. Und jetzt wartest du sicher auf die Frage, deren Antwort du bereits kennst. Willst du für uns arbeiten und unserer Gruppe beitreten?«

»Ja. Das will ich. Der Tod meines Vaters darf nicht ungesühnt bleiben.«

»Dann will ich dir jetzt deinen Privatraum zeigen, den du die nächsten Stunden nutzen kannst.«

»Ich soll längere Zeit hierbleiben?«

»Es hängt von der Situation in der Stadt ab. Ich muß zurück auf den SET und werde deine Abwesenheit nutzen, Ianno Iannod. Ich hoffe, du begreifst es. Meine Glaubwürdigkeit verlangt es, daß ich dort mindestens eine Falle für dich aufbaue, die tödlich für dich ist.«

»Ich verstehe. Und du wirst mir nicht verraten, was es ist?«

»Nein. Solarisso würde an deinem Verhalten erkennen, daß du Bescheid weißt. Er ist uns in einigen Dingen überlegen. Manchmal frage ich mich, ob er wirklich ein Skrekada ist wie wir.«

»Es gibt keine anderen Wesen außer uns.«

»Du sagst es, Ianno. Aber dennoch …«

Die Leichtigkeit, mit der er in das Netz der Stadt eindrang, verblüffte ihn. Es gab keine Barrieren und keine Staffelungen mit unterschiedlichen Kennungen und Kodes. Plötzlich lag das gesamte Netz offen vor ihm. Er brauchte es nur abzurufen. Dann folgte er der automatischen Führung durch die einzelnen Ebenen und deren Übersichtstafeln, schlug Wege ein, die ihm bisher verwehrt geblieben waren, und hielt irgendwann inne. Ianno schwenkte den Sessel und stellte fest, daß sich außer ihm immer noch die Frau in dem Raum aufhielt, deren Namen er nicht wissen durfte.

»Etwas stimmt nicht.« Er machte eine Verlegenheitsgeste. »Ich befinde mich auf dem höchsten Level. Dieses ist meines Wissens Solarisso selbst vorbehalten.«

»Dein Vater sagte etwas von einer Parallelität. Solarisso und die Anlagen hier bewegen sich auf derselben Stufe, ohne jedoch voneinander Kenntnis zu haben.«

»Das ist nicht möglich.«

»Ich kenne die Zusammenhänge nicht und weiß nur, daß es auf diese Weise funktioniert.«

Die Antwort stellte Ianno keineswegs zufrieden. Im Gegenteil, sie verunsicherte ihn noch mehr. Er gab einen Suchbefehl und eine Gruppe von Zielen an. Danach starrte er auf den Bildschirm, als wolle er ihn hypnotisieren.

*Bring mir jetzt bloß kein Echo,* dachte er. *Das kann nicht sein. Der Level des Herrschers ist unantastbar.*

Die Ansammlung aus Automaten tat ihm den Gefallen nicht. Sie spürten mehrere seiner Prüfroutinen auf und meldeten die derzeitigen Standorte.

Nie gekannte Erregung bemächtigte sich des jungen Skrekada.

ANALYSE, gab er ein. Diesmal dauerte es etwas länger, bis die ersten Ergebnisse eintrafen und den Bildschirm überschwemmten. Die Zahl der gefundenen Störungen oder Programmfehler, die in bestimmten Situationen Störungen hervorrufen konnten, überstieg seine schlimmsten Befürchtungen. Er prägte sich alle neuralgischen Positionen intensiv ein. Schließlich konnte er schlecht einen Ausdruck machen, mit diesem später auf dem SET marschieren und anfangen, entsprechend zu reagieren.

Ianno schickte Identifikationskodes, getarnt als simple Temperaturmeldungen, an die übrigen Prüfroutinen und machte sich Gedanken über die Wege, die die Impulse nahmen. Jener Zugang, den er ausfindig gemacht und der danach nicht mehr existiert hatte, konnte zu Solarisso führen. Er konnte aber genauso gut ein Eingang zum Netz der Gruppe darstellen.

»Was ist?« fragte die Frau im Hintergrund. »Hast du ein Problem?«

»Nein. Ich fühle mich bloß erschlagen von den vielen Informationen, die aus dem Netz kommen.«

»Dein Vater hat an einem Übergang in das System des Herrschers gearbeitet. Er versuchte, eine der Kopplungen zu finden, die beide Systeme miteinander verbinden.«

»Ich bin mir nicht sicher, ob solche Kopplungen überhaupt existieren.«

»Da hast du allerdings recht.«

Er spürte ihre Erregung, in die sie sich hineinsteigerte. Sie galt nicht ihm, sondern der Sache.

Echos weiterer Prüfroutinen trafen ein und lieferten verschlüsselte Signale mit Informationen. Entsprechend ihrer Konstruktionsweise hängen sie sie an normale Datenpakete innerhalb des alltäglichen Datentransfers im Netz der Stadt. Sobald diese Datenpakete eine nahe gelegene Anlage erreichten, trennten sich die Signale von ihnen und steuerten den Ausgangsort des Identifikationskodes an.

Zwei der Prüfroutinen befanden sich unmittelbar in der Nähe des SETS und meldeten Vorgänge aus den Kammern der Schläfer.

Ianno sprang auf. Er hielt sich am Bildschirm fest und fraß die Meldungen in sich hinein. Seine Nasenöffnungen flatterten. Er keuchte, ohne sich dessen bewußt zu sein.

»Was ist das?« stieß er hervor. Statt des Textes erschien ein Bild auf dem Schirm. Es zeigte vier Frauen in hautenger Kleidung bei der Verfolgung eines Ungeheuers.

Ianno stöhnte unterdrückt. Ein solches Ungeheuer hatte er in seinem ganzen Leben noch nie gesehen. Er schob den Kopf nach vorn, bis die Nasenrundung den Bildschirm berührte. Ein Irrtum war ausgeschlossen. Es waren vier weibliche Skrekada. Sie rannten durch eine Einöde, die helle Farbe des Sandes ähnelte der Farbe der Hölle. Ein kleines Lebewesen mit riesengroßen Ohren befand sich in ihrer Nähe. Es trug einen Stock bei sich, mit dem es ab und zu winkte. Der Zusammenhang zwischen den vier Frauen und dem Tier ließ sich deutlich erkennen.

»Wo kommen diese Bilder her?« fragte er fassungslos. »Wieso befinden sie sich im Netz? Wer steuert sie, und was bedeuten sie?«

Ruckartig fuhr er herum und öffnete den Mund zu einer Frage. Der Platz, an dem die Frau die ganze Zeit gestanden hatte, war leer. Sie hatte sich entfernt, ohne daß er es bemerkt hatte.

Ianno kannte Computersimulationen, die eine fremde Wirklichkeit wiedergaben, eine, die nicht existierte. Sie entstammten der Phantasie der Skrekada, die ihren überschäumenden Spieltrieb an solchen Versuchen ausließen. Die Spiele hatten jedoch alle eine Gemeinsamkeit. Sie bezogen sich auf den Lebensraum ihres Volkes, den sie in allen möglichen und unmöglichen Arten variierten. Nie wäre es einem Skrekada eingefallen, ein Spiel zu erfinden, das außerhalb der Welt Solarisso stattfand.

Voll innerer Anspannung verfolgte er die Bilder weiter. Die vier Frauen erlegten das Ungeheuer, doch dieses verwandelte sich in eine reißende Bestie und trampelte alles nieder, was sich bewegte. Eine der Frauen blieb schwerverletzt liegen.

Plötzlich wechselte das Bild. Mitten in der Einöde sah man winzige Häuser. Sie besaßen die Form der Flugzeuge Solarissos, die noch kein Skrekada von innen gesehen hatte. Zwischen den Häusern bewegten sich Männer und Frauen, die dieselbe Kleidung wie die vier Verfolgerinnen des Ungeheuers trugen. Das Verhalten der Skrekada in dieser fremdartig erscheinenden Siedlung gab ihm weitere Rätsel auf. Sie verbrannten einen Teil ihrer Häuser, falteten die übrigen zusammen und zogen mit ihrer gesamten Habe davon.

*Es müssen neue, bisher unbekannte Schöpfungen sein. Je-*

*mand hat sie in das Netz eingespeist. Solarisso, unser Herrscher?*

Seine Krallen begannen über die Kommandofelder des Terminals zu schaben. Er machte mehrere Eingaben, ohne daß er eine Antwort erhielt. Die Systeme reagierten einfach nicht darauf. Die Schlußfolgerung schmetterte ihn vollends nieder. Es gab keine Fiktionen dieser Art im Netz der Stadt. Und schon gar nicht im Bereich der Kammern.

Was aber war es dann?

Die nächsten Bilder versetzten Ianno einen weiteren Schock. Die schwerverletzte Frau erhob sich. Ihr Körper hatte keinerlei Verletzungen mehr. Von ihren drei Gefährtinnen gab es keine Spur.

Der junge Skrekada drückte entsetzt den gelben Knopf am unteren Ende des Eingabefeldes und schaltete das Terminal ab. Der Kontakt zu seinen Prüfroutinen brach ab. Schweratmend lehnte Ianno Iannod sich zurück. Was er gesehen hatte, verwirrte ihn zutiefst. Er sprang auf und rannte zur Treppe. Mit wiegenden Schritten eilte er die Stufen hinauf und fand die Geheimtür verschlossen.

*Gefangen! Gefangen!* hämmerten die Gedanken in seinem Kopf. *Du hast dich übertölpeln lassen!*

Enttäuscht kehrte er nach unten zurück und suchte wieder den Privatraum auf, den Ebbo Ebbosh ihm gezeigt hatte. Er ließ sich auf die Kissen fallen und vergrub den Kopf darin. In den Kissen raschelte und rieselte es. Kunststoff? Sand? Er vermochte es nicht zu sagen. Seine Sinne waren durcheinander und reagierten gestört. Er drehte sich auf den Rücken und schloß die Augen.

*Es ist zu meinem Schutz,* redete er sich ein. *Dieses Versteck ist nur dann sicher, wenn in dem Bungalow auch Skrekada leben, die nichts von dem Versteck wissen. Die Frau hat mich aus diesem Grund eingeschlossen. Ich muß warten, bis sie oder einer der anderen zurückkehrt.*

Sorgfältig ging er alles durch, was er wußte. Je länger er darüber nachdachte, desto klarer erkannte er, daß es ein Fehler gewesen war, einfach abzubrechen. Er hätte die Spur weiterverfolgen sollen, so lange sie existierte. Jetzt war es vielleicht zu spät.

Die Bilder hingen mit den Kammern zusammen. Die Position der Prüfroutinen bewies es.

Von einer seltsamen Lähmung erfaßt, machte er sich auf zum Terminal. Fahrig kratzten seine Krallen über die Bedienungsfelder. Hitze durchflutete seinen Körper, als er sich erneut auf die Suche machte. Die Prüfroutinen waren noch an Ort und Stelle. Sie verharrten in den Programmspeichern der Automaten, die die unmittelbare Kontrolle der Kammern und der Behälter mit den Schläfern ausübten. Ein deutlicheres Zeichen konnte es nicht geben. Ianno war es nur deshalb entgangen, weil ihn die Bilder in ihren Bann gezogen hatten.

EXAKTE POSITIONSBESTIMMUNG DURCHFÜHREN, gab er ein. ANALYSE DER ÜBERTRAGENEN SEQUENZEN.

Eine Flut von Bildern und Eindrücken explodierte auf dem Bildschirm. Geblendet schloß er die Augen und blinzelte vorsichtig in die fremde Welt hinein, die sich erneut vor ihm auftrat. Gleichzeitig wanderte ein Schriftband über den oberen Rand des Schirms und übermittelte die Koordinaten der Prüfroutinen.

Ianno hatte das Schema für die Kammern und deren Steueranlagen ziemlich genau im Kopf. Die Koordinaten gehörten nicht dazu. Er las Basisadressen von Programmen, die ihm von der Arbeit auf dem SET nicht geläufig waren. Und wenn er richtig vermutete, dann brachte die Analyse ein Ergebnis, das ebenso unwirklich war wie die Bilder, die er sah.

Vor Aufregung hielt es ihn nicht mehr in seinem Sessel. Er sprang auf und ging umher. Zwei Schritte nach links, zwei nach rechts. Dabei starrte er unverwandt auf den Schirm.

Schaltbilder manifestierten sich und zeigten die Funktionen der Programme an. Deren Steuerung erfolgte durch ein System aus kleinen Einheiten, die in den Boden der Kammern eingelassen waren. Sie hatten keine unmittelbare Verbindung zu den Anlagen, mit denen der SET arbeitete. Aber sie verfügten über einen Zugang zu den Behältern, in denen die Schläfer ruhten.

Iannos Ahnung verstärkte sich zur Vermutung. Er schob den Sessel zur Seite und hämmerte Befehle in das Netz. Er schleuste die Prüfroutinen unmittelbar in das System ein und übertrug ihnen einen deutlich höheren Anteil an Eigeninitiative.

Er stoppte das wandernde Schriftband und verschlang buchstäblich die Auflistung der Daten.

»Gesteuerte Impressionen«, hieß es dann. Als Urheber kam nur einer in Frage: Solarisso. »Er speist Bilder in die Behälter ein und beschert den Schläfern Eindrücke und Träume. Nein, wohl eher Alpträume.«

Der Herrscher und oberste Skrekada der Welt nahm Einfluß auf die Schläfer. Er manipulierte sie vielleicht und machte sie somit zu treuen Untertanen. Es mußte eine Art geistige Konditionierung sein, deren Sinn Ianno noch nicht erkennen konnte.

War es das gewesen, was sein Vater entdeckt hatte? Hatte er deshalb sterben müssen?

Behutsam begann er die Prüfroutinen in die Richtung zu lenken, aus der die Bilder kamen. Wie immer wanderten sie als blinde Passagiere in Programmteilen mit und suchten sich den Weg zu einem neuen Ziel.

Doch dann lösten sie sich plötzlich auf. Sie vernichteten sich selbst.

Ianno Iannod zuckte von der Anlage zurück. Dann schaltete er geistesgegenwärtig die Energiezufuhr zum Terminal ab und kappte damit alle Verbindungen zum Netz. Es war ausgeschlossen, daß ein anderer jetzt den Weg bis zu seinem Versteck nachvollziehen konnte.

»Solarisso. Nur er kann es sein. Er hat die Prüfroutinen entdeckt. Ich werde sie noch besser verstecken müssen. Er weiß jetzt auch, daß jemand in die Systeme eingedrungen ist und Kenntnis von der Beeinflussung der Schläfer hat. Das ist gleichbedeutend mit einer Kriegserklärung. Eine Revolution gegen den Herrscher! Doch wie kann sich jemand gegen Solarisso auflehnen, wenn er nicht weiß, was dieser tut und warum er es tut. Wenn nicht einmal bekannt ist, wo er lebt und wer er ist? Ich werde mich vorsehen müssen. Mit Sicherheit mißtraut er jetzt jedem. Und mir sowieso.«

Er stützte den Kopf auf die Hände und ließ vor seinem geistigen Auge nochmals die Bilder ablaufen, die er gesehen hatte. Als er eine leichte Berührung an der Schulter verspürte, schrak er auf.

Es war die Frau. In ihrer Begleitung befanden sich drei Männer. Er hatte sie nicht kommen gehört. Die Männer breiteten eine dunkelgraue Folie auf dem Boden aus und strichen sie ein wenig glatt.

»Was gibt das?« Ianno verließ seinen Platz am Terminal und trat zu der Frau.

»Wir haben keine andere Möglichkeit gefunden, dich in die Stadt zurückzubringen. Hast du nicht zufällig eine Idee?«

»Nein.«

»Das tut uns leid«, sagte einer der Männer. Zu dritt warfen sie sich auf Ianno Iannod und rissen ihn von den Beinen. Der junge Skrekada sah das Blitzen einer Klinge und stieß einen Schrei aus.

»Seid ihr verrückt? Was soll das?«

Die Klinge stach auf ihn ein, doch er spürte sie nicht. Etwas schlug mit Wucht gegen seinen Hinterkopf und ließ ihn Funken sehen. Sein letzter Gedanke galt dem Tod seines Vaters, dann löschte der Schlag sein Bewußtsein endgültig aus und schickte ihn in ein Reich, aus dem die wenigsten jemals wiederkehrten.

# 2. Zwischenspiel 277. Tamphyr

Sie überfielen ihn zu dritt, als er gerade den Steg im dreißigsten Stockwerk betrat und hinüber zum Liftgebäude wollte. Von einem Dachvorsprung ließen sie sich auf ihn fallen.

Gwynn Egwynn sah einen Schatten und wich zur Seite aus. Der Skrekada fiel zu Boden, brach sich dabei beide Beine und blieb mit gebleckten Zähnen liegen. Die beiden anderen streiften den Techniker und krallten sich in seine Kleidung. Der Schwung riß ihn auf den Steg, dann waren die beiden Kerle bereits über ihm.

Dem ersten Schlag entging Egwynn mit nur knapper Not. Er überwand seinen Schreck, drehte sich zur Seite und schlug von unten herauf zu. Er traf einen an der empfindlichen Nase und warf ihn zurück. Der andere holte aus und grub die Krallen tief in Gwynns rechtes Bein. Gwynn schrie auf und begriff endgültig, daß es um Leben oder Tod ging. Er zog das unverletzte Bein an und trat den Artgenossen kräftig in den Bauch. Ein Blubbern kam aus dem Mund des Malträtierten. Ohne zu zögern trat er nach und bekam gleichzeitig den anderen am Maul zu fassen. Er riß ihm die Lefzen nach hinten und hieb ihm die Krallen in die Atemöffnungen.

Der Kerl sackte in sich zusammen, als habe ihm jemand die Luft abgelassen. Sein Oberkörper hing halb zwischen den Gitterstäben des Stegs über dem Abgrund. Gwynn Egwynn wandte sich seinem letzten Gegner zu.

»Du gehörst mir«, zischte der Kerl und schlug nach dem Techniker. Egwynn blockte ab und riß den Rachen auf. Er bohrte seine Zähne in den Arm des Angreifers und riß ihm ein Stück Fleisch heraus. Blut spritzte ihm ins Gesicht, aber er achtete nicht darauf. Der Skrekada warf sich erneut auf ihn und versuchte, an seinen Hals zu kommen. Er trat seinem Opfer die Beine auseinander und holte zum tödlichen Schlag aus, der ihm die Eingeweide aus dem Körper treiben mußte.

Unter Aufbietung seiner letzten Kräfte warf sich Gwynn Egwynn rückwärts und brachte sich in Sicherheit. Seine Beine federten, und die Knie hämmerten mit Wucht gegen den Unterkiefer des Kerls, der plötzlich wie an Fäden über ihm hing. Seine Gliedmaßen bewegten sich wie die einer Puppe. Dann fiel er auf den Techniker, ohne sich nochmals zu rühren.

Egwynn stemmte den reglosen Körper von sich weg. Steif rollte er zur Seite und blieb erschöpft auf dem Rücken liegen. Aus seinem Maul tropfte grünlicher Speichel. Seine Augen drehten sich im Kreis und versuchten, irgend etwas zu erkennen.

Der Techniker blickte sich um und erhob sich vorsichtig. Er hielt nach vermeintlichen Helfern Ausschau, aber da war niemand.

Ungläubig musterte er die Skrekada. Sie lagen da und rührten sich nicht mehr. Er stieß einen von ihnen in die Seite, aber er gab nicht einmal einen Laut von sich.

Gwynn Egwynn überwand seinen Ekel vor den drei geifernden Gestalten. Sie waren ausgerastet und brauchten Hilfe. Nach einer Phase der Aggression befanden sie sich offenbar jetzt in einem Zustand der Apathie.

Er vergewisserte sich, daß die drei noch lebten und bei Bewußtsein waren.

»Keine Angst. Ich hole Hilfe«, sagte er und eilte zum nächsten Gebäude, wo er einen Kommunikationsanschluß wußte. Als er zurückkehrte, waren es nur noch zwei. Der Skrekada mit den gebrochenen Beinen hatte sich durch die Gitterstäbe des Stegs gezogen und war dabei in die Tiefe gestürzt. Zerschmettert lag er drunten in der Straßenschlucht.

In der Ferne erklang bereits die Sirene des Notfahrzeuges, das rasch zwischen den Häusern näherkam und bei dem Toten anhielt. Egwynn beugte sich über das Geländer und gab ein Zeichen.

»Hier herauf!«

Sie brauchten fünf Minuten, bis sie mit dem Aufzug an Ort und Stelle waren.

Der Techniker schilderte den Überfall in allen Einzelheiten. Inzwischen untersuchte der Arzt die beiden Rückkehrer und sprach in ein Diktiergerät.

»Es sind dieselben Symptome wie bei den anderen«, verstand Gwynn Egwynn ihn. »Sie werden nicht mehr auf die Beine kommen.«

Der Arzt gab ihnen zwar Infusionen, doch das nützte nichts. Die Fehlleistungen des Gehirns bei der Steuerung des Körpers konnten mit keiner Medizin geheilt werden.

»Was heißt das?« fragte Egwynn. »Bleiben sie Pflegefälle?«

»Nein. Das *Projekt Sommerschlaf* ist gescheitert.«

Er beugte sich nochmals über die Rückkehrer.

»Die beiden sind soeben gestorben. Ihr Gehirn hat die lange Zeit im Schlaftank nicht verkraftet. Die anderen werden ihnen bald folgen.«

Gwynn Egwynn fuhr der Schock in alle Glieder. Er klammerte sich an der Eingangstür des Wohnhauses fest.

»Die ganze Arbeit – umsonst?« stammelte er. »Der SET in Zukunft ein nutzloser Schrotthaufen? Nein, das kann nicht sein. Es muß doch eine Lösung geben.«

»Natürlich.« Der Mediziner nickte. »Es ist nur eine Frage der Zeit, bis wir sie finden. Zunächst einmal werden die übrigen Kammern bleiben wie sie sind. Niemand kehrt zurück. Zehntausend Amokläufer sind zuviel für Solarisso. Zehntausend Leichen ebenfalls. Obwohl ...«

»Obwohl das?«

»Willst du das wirklich wissen?«

»Ja.«

»Wir könnten das Ernährungsproblem mit einem Schlag lösen. Unsere Bevölkerung würde sich dadurch um die Hälfte reduzieren. Aber Solarisso, unser weiser Herrscher, will es nicht. Das Leben ist das höchste Gut.«

»Natürlich. Du stehst mit deiner Meinung völlig allein.«

»Vielleicht. Es ist ja nur ein Gedanke, eine Spekulation. Meine Aufgabe ist es schließlich, Leben zu erhalten und nicht zu vernichten. Deshalb habe ich dafür gestimmt, die Kammern weiter in Betrieb zu halten.«

Gwynn Egwynn war der Ansicht, daß sie genug geredet hatten. Er verabschiedete sich und kehrte in seine Wohnung zurück. Klein Ianno Iannod kam ihm freudestrahlend entgegen.

»Rella ist drunten im Keller. Sie gießt unser Gemüse, damit es gut gedeiht«, sagte das Quotenkind. »Spielst du mit mir, Gwynn?«

»O ja.« Der Techniker zog die Krallen vollständig ein und streichelte seinem Sohn den Nacken. »Du hast mich überredet. Ich bleibe heute zu Hause.«

## 5. Rianna

Verlockender Duft weckte Riannas Lebensgeister. Etwas kitzelte sie an der Nase und machte ihr unmißverständlich klar, daß ihr Wahrnehmungsvermögen ausgesprochen intakt war. Vorsichtig öffnete sie erst das linke, dann das rechte Auge. Sie blinzelte unzählige Male, ehe sie in der Lage war, Einzelheiten zu erkennen.

Ein wunderschön leuchtender Schmetterling saß auf der ausgeprägten Wölbung zwischen ihren beiden Atemöffnungen und bewegte freudig die Flügel. Sein leises Sirren verhieß Gutes, und die Jägerin gab sich ganz dem Gefühl der Wärme und des Wohlseins hin. Was scherten sie jetzt noch die Wüste und die Kuppel.

Sie nieste ungewollt und fegte den freundlichen Gast auf ihrer Nase hinweg. Erschrocken flatterte er auf und ab, ehe er sein Gleichgewicht in der Luft zurückgewann und sich davonmachte.

»Tut mir leid!« rief sie ihm nach. »Das war keine Absicht.«

»Würdest du bitte den Mund halten«, fuhr die vertraute Stimme des Schwafs sie an. »Was glaubst du, wo wir hier sind?«

Sie wälzte sich herum und starrte auf den pelzbedeckten Körper ihres Begleiters. Der Schwaf war so echt wie sie selbst.

»Kletten wird man nur schwer oder gar nicht los«, murmelte sie. Ihr Traum vom Wohlergehen in himmlischen Gärten zerplatzte jäh, zumal ihr die recht strenge Ausdünstung des Schwafs sofort in die Nase stieg.

»Wir sind nicht allein«, zischte der Stöberer. »In der Nähe gibt es Gärtner.«

»Na und? Wollen sie die Wüste umgraben?«

Erst jetzt begriff sie, was er eigentlich gesagt hatte. Sie fuhr auf und starrte zur Kuppel empor, die sich über ihr wölbte. In der Ferne glitzerten die letzten der bedrohlichen Maschinen. Sie selbst lag mitten in einem Feld voll grüner und brauner Farben. Ganz in der Nähe leuchtete es Rot und Gelb. Die Eindrücke betäubten sie fast.

»Wo sind wir?« flüsterte sie. »Nein, das kann ich nicht glauben.«

»Wir sind durch«, zischte es aus dem hohen Gras neben ihren Beinen. »In dem Augenblick, als wir es geschafft hatten, vergaßen die Roboter ihren Auftrag. Würdest du dich bitte wieder hinlegen?«

»Ich träume noch immer«, sagte sie leise. »Das alles ist nicht wahr.«

»Dann bin auch ich nur eine Illusion. Falls du auf mich verzichten willst, tu es.«

Der Stöberer wandte sich ab. Mit einer Handbewegung hielt sie ihn zurück. »Bleib!«

»Nun gut. Wenigstens noch für kurze Zeit. Was sagt dein Magen?«

Sie betastete die weiche Bauchdecke. Darunter fühlte sich alles hart und verkrampft an.

»Ich weiß nicht. Der Hunger tut nicht mehr weh.«

»Iß trotzdem. Da drüben wächst nahrhaftes Gemüse.«

Sie robbte hinüber und ließ sich mitten in einem Beet schmackhafter, großblätteriger Pflanzen nieder. Nacheinander riß sie die Blätter ab und kaute sie. Das Gemüse zerging ihr regelrecht auf der Zunge, denn es schmeckte hervorragend. Die Nährstoffe schienen eine Art Wirkungsbeschleuniger zu besitzen. Sie spürte förmlich mit jedem Bissen, wie die Kraft in ihren Körper zurückkehrte. Als sie das Gefühl hatte, endlich satt zu sein, glich das Beet einem Schlachtfeld. Die kahlen Stengel boten ihr keinen Sichtschutz, deshalb entfernte sie sich hastig von der Stätte ihrer Übeltat.

»Niemand wird es mir krummnehmen«, versuchte sie sich selbst zu beruhigen. »Es hat mich vor dem Verhungern gerettet.«

Sie hielt nach dem Stöberer Ausschau und fand ihn zwischen ein paar Büschen, wo er sich wohlig räkelte und vermutlich seine Flöhe abstreifte. Neben ihm lag das Stöckchen. Rianna bückte sich hastig und nahm es an sich. Aufmerksam studierte sie die Zeichen, die Chierro einst eingeritzt hatte.

DIES IST DIE MACHT, las sie. WER DIE MACHT BEGREIFT, LEIDET NIE MEHR NOT.

Das Stöckchen begann unter ihren Krallen zu zerbröckeln. Sägemehl rieselte zu Boden, und der Schwaf sprang sie an und verbiß sich in ihr rechtes Bein.

»Hör auf damit, sonst trete ich dich tot«, fauchte sie.

»Du hast das Stöckchen berührt, Hexe. Jetzt war alles umsonst. Es konnte dich wenigstens teilweise schützen. Das ist nun vorbei. Selbst schuld.«

Sie starrte auf die leere Stelle, wo er soeben noch gestanden war. Nichts wies darauf hin, daß es hier soeben noch ein zweites Lebewesen gegeben hatte.

»Mach keinen Unsinn! Zeig dich wieder!«

So sehr sie auch zeterte, er ließ sich nicht mehr blicken. Neue Zweifel an der Wirklichkeit und dem, was sie erlebte, breiteten sich in ihr aus. Eine Weile stand Rianna ratlos zwischen den Büschen und überlegte, ob sie nicht besser in die Wüste zurückkehren sollte. Sie entschied sich dagegen. Selbst wenn es ihr erneut gelang, die Wandung zu durchdringen, würde das vermutlich Alarm auslösen. Und an die fürchterlichen Roboter mochte sie sich am liebsten gar nicht mehr erinnern. Der Aufenthalt unter der Kuppel hingegen bot ihr wenigstens teilweise Sicherheit und vor allem Nahrung in Hülle und Fülle. Wovon sich die Skrekada Solarissos ernährten, das konnte auch für sie gut sein.

Entschlossen stapfte sie los und eilte in dem allen Skrekada eigenen Wiegeschritt der Stadt Solarisso entgegen, von der sie vom Hörensagen wußte. Erst nach einer Weile merkte sie, daß sich die Landschaft um sie herum veränderte. Die Büsche und Stauden, bisher teilweise höher als sie selbst, wurden immer kleiner. Sie zogen sich in den Boden zurück, als gäbe es unter der Erdkrume bessere Lebensbedingungen.

Mit den verschwindenden Pflanzen nahm auch die Deckung ab, in der sie sich bisher mühelos bewegt hatte. Sie verlor wertvolle Zeit mit Ausschauhalten nach einem Unterschlupf. In der Ferne entdeckte sie zum erstenmal Gestalten. Es waren wohl die Gärtner, von denen der Schwaf gesprochen hatte.

Immer kleiner und zierlicher zeigten sich die Pflanzen. Sie pflückte hastig ein paar Blätter und stopfte sie sich in den Mund. Der Gedanke, bald wieder ohne Nahrung zu sein, verursachte ihr Magendrücken. Sie versorgte sich mit ein paar Pflanzenstengeln, Blüten und kleinen Knollenfrüchten und verstaute alles in ihren Taschen.

Geduckt schlich sie zwischen den Beeten entlang, nutzte geschickt die Deckung einiger – noch – halbhoher Büsche und warf sich hundert Schritte weiter in eine winzige Mulde. Sie bot ihrem Körper nur unzureichend Platz. Doch mit ihren Armen und Beinen schob sie blitzschnell das Erdreich ein Stück von sich und schuf auf diese Weise einen Wall um sich herum, hoch genug, um sich gegen allzu neugierige Blicke aus der Ferne zu schützen. Solange keine Gefahr aus der Luft bestand, würde das Versteck ausreichen.

Um sie herum schrumpften die Pflanzen. Sie sah Blätter und Stengel, die nur noch die Größe von frischen Setzlingen besaßen und wenige Atemzüge später im Boden verschwanden, als habe es sie nie gegeben.

Rianna versuchte, den Vorgang mit ihrer Erfahrung und ihrem Wissen zu erfassen. Vielleicht zogen sich die Pflanzen jeden Abend in den Boden zurück, um am Morgen wieder zu erscheinen. Doch die weißblaue Sonne stand noch viel zu hoch über dem Horizont, als daß die Natur bereits den Abend eingeläutet hätte.

Die Erkenntnis ernüchterte sie endgültig. Die letzten Spuren der Hochstimmung, die der paradiesische Garten in ihr ausgelöst hatte, verflüchtigten sich und warfen sie zurück in den unendlichen Abgrund der Unsicherheit.

Wieder rief sie sich Chierros Worte ins Bewußtsein.

»Unsere Welt beginnt auseinanderzuklaffen«, hatte der Anführer des Stammes gesagt. »Die Wirklichkeit zerfällt in unzählige Möglichkeiten. So sehe ich es. Nicht anders ist es möglich, daß wir plötzlich in eine Situation geraten, die mit unserem bisherigen Leben nichts zu tun hat.«

Wie recht er doch hatte. In ihrem eigenen Leben gab es nichts mehr, was zu ihrer Vergangenheit gehörte.

»Es wird keine Jägerinnen und keine Beerensammler mehr geben. Und die Nomaden werden keine Brunnen mehr finden«, sagte eine Stimme hinter ihr. Sie fuhr herum, doch da war niemand. Keiner sprach zu ihr. Und doch hörte sie die Worte klar und deutlich.

Die Naturgesetze und deren Abläufe stimmten nicht mehr.

Die Zeit! Natürlich. So mußte es sein. Alles, was sie bisher erlebt hatte, deutete auf ein Problem in der zeitlichen Abfolge aller Vorgänge auf ihrer Welt hin. Nur die Sonne und die beiden Monde schienen unverrückbar ihre ewig vorgezeichnete Bahn zu ziehen.

Wie lange noch?

Sie starrte zu Boden und versuchte, die letzten Grashalme festzuhalten. Sie schlüpften aus ihren Krallen und verschwanden ebenso wie alles andere. Dunkelbraune Erde blieb zurück, fruchtbare, feuchte Ackerkrume. Sie kühlte Riannas Körper und bewirkte, daß sie trotz allem einen klaren Kopf behielt.

Die Gestalten der Gärtner veränderten sich. Ihre roten Anzüge wechselten die Farbe und wurden gelb. Die grünen Gartengeräte in ihren Händen verwandelten sich in graublaue, schmale Gegenstände, deren Bedeutung die Jägerin mehr erahnte als tatsächlich identifizierte.

Die Gärtner trugen Waffen! Handwaffen!

Und ihre gelben Anzüge signalisierten auf unbeschreibliche Weise Gefahr.

Ein Knall ließ Rianna zusammenzucken. Dumpf rollte er durch die Kuppel und hallte unzählige Male von der Wandung zurück. Sie erkannte die schnellen Bewegungen der Gärtner und hörte den Schrei einer Frau. Sie zuckte zusammen und preßte sich noch enger gegen den Boden. Diese Stimme ... Sie kannte diese Stimme. Aber das war völlig ausgeschlossen. Ein Hörfehler, bedingt durch die ungewohnte Akustik in der Nähe der Kuppel. Sie legte sich auf die Seite und hielt ihren Kopf seitlich nach oben, so daß ihr rechtes Auge – das bessere von beiden – über den Wall blicken konnte.

Wieder erklang ein Knall aus einem der Stöcke. Ein zweiter Schrei folgte. Die Frau rief etwas. Jetzt bemerkte die Jägerin auch zum ersten Mal ihre Umrisse zwischen den Gärtnern.

Termini!

Die hellbraune Lederkleidung der Gefährtin färbte sich an mehreren Stellen dunkel. Termini brach zu Boden und blieb reglos liegen.

Einer der Gärtner beugte sich über sie. Als er sich aufrichtete, versetzte er dem Körper noch einen Tritt.

Die Skrekada zogen ab und ließen Termini zurück.

Immer wieder erhaschte Rianna einen Blick ihrer Umgebung. Die Gärtner verschwanden nach einer Weile am Horizont und tauchten nicht wieder auf.

Die Jägerin wartete mindestens tausend Atemzüge, ehe sie sich aus ihrem Versteck traute. Gebückt huschte sie über den weichen Boden und sank kurze Zeit später neben der blutenden Termini nieder. Zwei klaffende Wunden am Oberkörper zeugten von der Gewalt der Waffen. Die Verletzte erschien ihr plötzlich unsagbar fremd. Sie lebte noch. Ihr Atem ging stoßweise, und immer, wenn sie nach Luft schnappte, sickerte ein wenig Blut aus den Wunden. Aus verkrusteten Augen starrte sie Rianna an.

»Du bist da«, ächzte sie und spuckte Blut. »Wenn ich das geahnt hätte …«

»Wer bist du?« Rianna streichelte den Kopf der Frau. »Sag mir deinen Namen.«

Die Pupillen der Skrekada weiteten sich.

»Bei der Allmacht. Ich bin Termini!«

»Termini?«

Rianna geriet ins Grübeln. Sie glaubte plötzlich, den Namen zu kennen. Vielleicht aus einer anderen Wirklichkeit, die mit ihrer eigenen nicht viel gemeinsam hatte.

»Wir sind oft gemeinsam zur Jagd gegangen, wir beide. Mit Firbo und Likwide. Kannst du dich nicht erinnern?«

»Nein. Wo sind wir uns begegnet?«

»Hilf mir! Zu spät. Leb wohl!«

Rianna robbte rückwärts davon. Ihre Gedanken kreisten ähnlich wie Lyrant um seinen Planeten, nur viel, viel schneller. Irgendwo tauchte darin immer wieder der Name Termini auf. Er bedeutete etwas, und die Hilflosigkeit des Nichtwissens jagte Rianna zurück hinter ihren Wall. Sie warf sich flach auf den Boden, und plötzlich setzte die Erinnerung wieder ein.

Termini! Firbo und Likwide. Natürlich. Wie konnte sie das nur vergessen! Dort drüben auf dem nackten Boden lag eine ihrer Gefährtinnen im Sterben.

»Ich komme!« ächzte sie. »Halte aus.«

Diesmal gelang es ihr, die Gedanken einigermaßen zusammenzuhalten. Sie schwankte über den weichen Boden, stolperte auf Termini zu und wunderte sich, daß diesmal keine Verschiebung der Wirklichkeit stattfand.

Termini rührte sich nicht mehr. Ihr Atem war versiegt, die Augen starrten gebrochen.

Es versetzte Rianna einen Schock, als sie sich die schrecklichen Wunden im Körper der Gefährtin genauer ansah. Die Verletzungen stammten nicht von den Schüssen der mörderischen Gärtner. Sie stammten von dem Riesenkalbrus.

Rianna hob den Kopf und blickte sich um. Da lagen auch die beiden anderen in ihrem Blut, und die Spur des Kalbrus führte hinauf zum Dünenkamm.

»Nein!« Sie schrie es. »Das darf doch nicht wahr sein. Ich verliere den Verstand.«

Sie rannte davon, dem erstarrten und ausgestreckten Arm Likwides folgend, der noch im Tod in Richtung Stadt zeigte. Ihre Beine fühlten sich merkwürdig leicht und fleischlos an, und als sie lauschte, hörte sie ein Schmatzen unter ihren Füßen.

*Wach endlich auf,* sagte eine Stimme in ihrem Innern. *Du träumst das alles nur.*

Selbst wenn es sich so verhielt, dann war das alles ein schrecklicher Alptraum.

*Schlaf weiter,* meldete sich eine andere Stimme. *Ruh dich aus.*

Sie rannte, bis die Kräfte sie verließen. Und selbst dann strömte Hitze durch ihren Körper und stimulierte sie, so daß sie noch eine weitere Strecke schaffte. In

Sichtweite lag der Boden um ein paar Körperlängen höher als hier in dem riesigen Garten. Dahinter ragten die Gebäude der Stadt auf, stählerne Pfeiler in einem reglosen Meer. Was sie zunächst für einen höher gelegenen Teil der Ebene gehalten hatte, entpuppte sich als schier endlose Aneinanderreihung von Flachdach-Bungalows mit schmalen Wegen dazwischen.

Riannas Panik flaute ein wenig ab. Sie blieb stehen und atmete durch den weit aufgerissenen Rachen. Die Luft hier war zum Schneiden. Und wo sie hinsah, erblickte sie nur Frauen. Sie sah keinen einzigen männlichen Skrekada.

Die Jägerin sank in den Schatten einer Mauer. Eine Bewohnerin des Bungalows trat aus der Tür und versetzte ihr einen Tritt.

»Verschwinde. Du gehörst nicht zu uns. Du hast hier nichts zu suchen. Ruh' dich bei Deinesgleichen aus.«

Ein zweiter Tritt überzeugte sie endgültig. Sie erhob sich und ging weiter.

Der Zwischenfall machte andere Bewohner der Siedlung aufmerksam.

»He«, rief eine Nachbarin. »Wie kommst du überhaupt hierher? Bist wohl vom Himmel gefallen. Los, verschwinde!«

Rianna rannte davon. Die enge Gasse schien endlos lang zu sein. Rianna rannte und rannte. Wenige Schritte hinter dem Ende der Siedlung brach sie entkräftet zusammen.

Und wieder war da diese Stimme, diesmal deutlicher als zuvor.

*»Alles ist nur Illusion. Bald sind die Probleme beseitigt. Dann ist alles wie gewohnt.«*

Zu gern hätte Rianna die Stadt für alles verantwortlich gemacht, sie als Ursache für die Störungen in ihrem Leben und ihrer Zivilisation verdammt. Aber, das empfand sie deutlich, konnte nicht die ganze Wahrheit sein.

Übergangslos fand sie sich in den tiefen Straßenschluchten der Stadt wieder. Von der Sonne und den beiden Monden war nichts zu sehen. Der schmale Streifen Himmel schien Unendlichkeiten weit weg. Die Gebäude strahlten eine Kälte aus, die Rianna als unangenehm empfand. Dennoch fühlte sie sich frisch und ausgeruht. Die Strapazen der Rennerei schienen Stunden oder Tage zurückzuliegen.

Wo war das Zentrum und wo der Stadtrand? Sie wußte es nicht. Zumindest glaubte sie, daß eine Stadt nach demselben Muster erbaut war wie ein Zeltlager. Außen die Vorräte und die Wächter, und drinnen die Wohnzelte und alles, was das Leben erträglich machte.

Gab es in der Stadt Solarisso so etwas wie Gemütlichkeit? Einen Platz zum Ausruhen und Wohlfühlen?

Ein Skrekada kam ihr entgegen. Er beachtete sie nicht. Ihr zerlumptes Gewand schien ihn nicht zu beeindrucken. Sie hob die rechte Hand.

»Ich bin Rianna. Willst du mir eine Auskunft geben?«

Er reagierte nicht und ging achtlos an ihr vorüber. Sie wandte sich um und eilte ihm hinterher.

»Ich kenne dich doch«, entfuhr es ihr. »Bist du nicht Diliz, der sich gern Diliz Dilizo nennt?«

»Nein«, kam es barsch zurück. »Wer ist das?«

»Einer der Nomaden von draußen. Einer wie ich.«

Jetzt blieb der Skrekada doch stehen und drehte sich zeitlupenhaft um.

»Was sind Nomaden?«

»Die Bewohner der Wüste. Die Skrekada außerhalb der Kuppel.«

Der Mann lachte häßlich und laut. »Ein komischer Witz. Draußen ist die Hölle. Kommst du aus der Hölle? Nenne mir die Koordinaten deiner Wohnung. Bestimmt bist du aus einem Heim für Verwirrte entsprungen.«

Er wollte sich auf sie stürzen, fuhr jedoch mit einem lauten Schrei zurück. Etwas Dunkles, Pelziges zerrte wie verrückt an seiner Hose.

»Der Schwaf!« entfuhr es Rianna.

Mühsam befreite sich der Skrekada von dem Tier und suchte das Weite. Er stieß wüste Drohungen aus.

»Der hat genug«, lachte das Tier. »Unsere Wege kreuzen sich erneut, Jägerin. Auch das habe ich in meine Überlegungen einbezogen. Anfangs habe ich nicht damit gerechnet, daß du es bis hierher schaffen würdest. Aber sei es drum. Wir bleiben für eine Weile zusammen. Du bist ein harter Brocken.«

Rianna entschloß sich, daß es nichts schaden konnte, in Begleitung des Stöberers zu sein.

»Gehen wir zusammen, Schwaf. Da du offensichtlich intelligent bist und sprechen kannst, besitzt du bestimmt einen Namen, oder?«

»Natürlich. Aber es ist uns verboten, unsere Namen freiwillig zu verraten. Wenn wir gefragt werden, ja. Aber sonst nein.«

»Gut. Wie heißt du?«

»Prürou.«

»Ein Zungenbrecher.«

»Wenn du meinst. Es ist ein Fähigkeitsname. Was er bedeutet, wirst du vielleicht eines Tages selbst herausfinden.«

»Wie hoch ist die Wahrscheinlichkeit, daß deine Aussage tatsächlich zutrifft?«

»Oha. Die Dame rechnet schon in Wahrscheinlichkeiten. Ja, ja, sag nichts. Ich weiß, Chierro und sein Geschwafel. Und dabei hat er nicht einmal unrecht. Wir werden seinen gedanklichen Konstrukten schon noch auf die Schliche kommen und sie abschaffen.«

»Was soll das heißen?«

»Kein Kommentar. Ich mache meinen Job wie jeder hier.«

»Du redest ziemlich geschwollen daher. Das fordert Widerspruch regelrecht heraus.«

»Natürlich. Reden wir von etwas anderem. Auf Grundsatzgespräche lasse ich mich in einer solchen Situation nur ungern ein.«

»Welche Situation?«

»Deine natürlich. Sie ist ziemlich beschissen. Inzwischen dürfte jeder gemerkt haben, daß eine Fremde in der Stadt ist. Schon mal was von Keimen, Bakterien, Pilzen und Infektionen gehört? Oder von Strahlung, Emission?«

»Nein.«

»Ist nicht wenigstens ein Wort darunter, an das du dich erinnerst?«

»Nein, wirklich nicht.«

»Nun gut. Verschwinden wir hier. Ich höre schon die Wächter kommen.«

Ein leises Summen begleitete ihren Weg. Fast unmerklich nahm es an Lautstärke zu. In der Wüste war dies der Beginn eines Sandsturmes. Hier in der Stadt konnte es alles Mögliche sein.

An der nächsten Straßenkreuzung bog sie automatisch rechts ab. Der Schwaf blieb stehen und musterte sie aus rätselhaften Augen.

»He, wo willst du hin?«

»Ich … weiß … nicht …« Sie wischte sich über die Augen und schnupperte in die Luft. »Ist es nicht egal, wohin wir gehen?«

»Nein. Wenn wir diesen Weg nehmen, dann laufen wir ihnen direkt in die Arme.«

Die Jägerin lauschte, aber ihre empfindlichen Sinne

vernahmen nichts außer dem Summen. Der Schwaf verfügte über ein wesentlich besseres Gehör. Das war einer der Gründe, warum diese Tiere gezähmt und bei der Jagd eingesetzt wurden.

Sie schalt sich, daß sie noch immer den Fehler machte, dieses Wesen als Tier einzustufen. Wenn es nicht doch ein Trugbild in einem bösartigen Traum war, dann zählte es zu den intelligenten Bewohnern ihrer Welt.

Den Gedanken an mögliche Auswirkungen auf das Weltbild der Skrekada streifte Rianna nur. Es blieb keine Zeit für so etwas.

Von irgendwo her vernahm sie das Trampeln von Füßen. Der Schwaf stieß ein Grunzen aus und wandte sich nach links. Er begann zu rennen, und sie hatte Mühe, ihm auf seinem hektischen Pfad durch die Stadt zu folgen. Die endlos erscheinenden Fassaden der Gebäude wanderten als stumme Zeugen vorbei, während ihre eigenen Füße am Boden festzukleben schienen. Als sie endlich die nächste Abzweigung erreichte, betrug der Abstand zwischen ihr und dem Schwaf bereits mehr als hundert Schritte.

»Mach schneller!« hörte sie ihn keuchen. »Oder willst du den Rest deiner Zeit in regloser Eiseskälte verbringen?«

»Ich kann nicht schneller. Meine Kräfte ...«

Er blieb stehen und wartete, bis sie ihn einholte.

»Du verbrauchst zuviel Energie, das ist klar. Und die Nahrungszufuhr ist begrenzt. Wenn die Fehler nicht wären, dann würdest du bereits etwas anderes träumen.«

»Ich träume also doch!«

»Es liegt im Bereich des Möglichen. Niemand kann das so genau sagen, was Wirklichkeit ist und was Schein. Hier hinein. Wir verkriechen uns in den Gebäuden. Da finden sie uns nicht so schnell.«

Sie drängten durch den Eingang. Am Ende der Straße

sah Rianna etwas Gelbes schimmern. Ein paar Augenblicke lang rang sie mit ihrer Erinnerung. Dann fielen ihr die Gärtner wieder ein, die auf Termini geschossen hatten. Oder doch nicht? Die Verletzungen der Jägerin waren aber von einem Riesenkalbrus. Oder gab es den vielleicht auch nicht?

»Ich bleibe hier.« Rianna ließ sich zu Boden sinken. »Mir ist alles egal.«

»Natürlich bleibst du hier. Aber die Heizung ist ausgefallen«, machte Prürou ihr begreiflich. »Du solltest dich wenigstens etwas bewegen. Und wenn sie dich einholen und erwischen, dann garantiere ich für nichts.«

»Sie können nichts von mir wollen.«

»Du hast das mit den Bakterien noch immer nicht begriffen.«

Gegen ihren Willen ließ sie sich davonzerren, ein paar merkwürdig schiefe Treppen hinab und durch einen Tunnel, dessen Wandung sich mal rund, mal oval und mal trapezförmig präsentierte. Die Lampen an der Decke wechselten ihre Farben von intensivem Rot über Gelb und Grün bis hin zu tiefem Blauviolett, je nach Entfernung.

Als der Schwaf plötzlich stehen blieb, trat sie ihm fast auf den Schwanz.

»Sie sind in der Nähe. Es gibt hier Türen, die ich nicht erkennen kann. Lauf, Rianna!«

Sie spurtete los und hielt sich neben ihm. Ihr Magen meldete sich wieder, ein Zeichen, daß sie die Nährstoffe aus den Pflanzen vollständig verbraucht hatte.

In dem Blausilber des Tunnels bildeten sich gelbe Flecken. Arme streckten sich nach ihr aus, und blaugraue Stöcke zeigten auf sie. Rianna krümmte sich zusammen, schnellte sich hin und her, stieß sich mit Armen und Beinen an den Wänden ab, prallte gegen ein Trapezsegment und rollte sich am Boden ab. Sie hörte wütendes Knurren und mehrere Schreie, dann raste der Schwaf an ihr vorbei und verschwand durch eine runde Öffnung aus dem Tunnel.

Rianna warf sich hinterher. Häßliches Kreischen am Metall neben ihr und ohrenbetäubendes Knallen zeigten an, daß die Gelben auf sie schossen. Und sie nahmen sofort die Verfolgung auf.

»Hierher!« rief Prürou. Er saß auf einer Rampe hoch über ihr. Sie stieß sich vom Boden ab und bekam wider Erwarten einen der Bügel an der Rampe zu fassen. Mit dem Restschwung ihres Sprunges zog sie sich hinauf und kam neben dem Schwaf zu liegen. Gemeinsam robbten sie rückwärts, bis man sie von unten nicht mehr sehen konnte. Skrekada in gelben Uniformen drängten hinein und sicherten nach allen Seiten.

»Irgendwo müssen sie sein«, hörte die Jägerin einen Artgenossen sagen. »Sucht nach verborgenen Ausgängen.«

Die Konturen des Raumes um sie herum verschwanden und wichen weißem Nebel. Die Rufe der Gelben wurden leiser und verstummten dann ganz. Ungewöhnlicher Druck lastete plötzlich auf Riannas Körper, und der Schwaf neben ihr ließ ein Seufzen hören.

»Das hat uns gerade noch gefehlt.«

»Was ist los?«

»Ein Ausfall der Druck-Systeme. Hör mal, Rianna. Ich muß dich jetzt verlassen. Es geht nicht anders. Sieh selbst zu, wie du zurechtkommst.«

Er drehte sich auf den Rücken und legte die Beine an den Körper. Dann war er verschwunden.

»Schwaf!« hauchte sie. »Komm zurück.«

Es blieb still, und der Nebel lichtete sich nach und nach. Rianna lag in einem Kreis aus gelbuniformierten Skrekada, und die Waffen deuteten auf ihren Bauch und den Kopf.

»Sollen wir dich gleich erschießen, oder willst du uns vorher noch ein paar Fragen beantworten?«

»Fragt, aber laßt mich am Leben.«

»Gut so, das gefällt uns. Steh auf. Wenn du uns schon durch dein Eindringen zum Tod verurteilt hast, dann nehmen wir dich mit.«

»Ihr meint die Bakterien oder so was, ja? Das ist Humbug.«

»Glaube nicht, daß du uns in die Irre führen kannst. Du kommst von draußen, also bist du für uns tödlich.«

Sie wollte schreien: Ich komme nicht von draußen. Draußen ist die Hölle. Niemand kann dort leben!

Aber irgend etwas wischte diesen Gedanken in ihr beiseite.

Sie packten sie und stellten sie auf die Füße. Sie sah, daß sie sich in einer hohen Halle befanden. Die Gelben zerrten sie mit sich durch die Straßenschlucht in einen Kasten auf Rädern, der mit viel Singsang anruckte und davoneierte. Die Sitzbank schwankte unaufhörlich, und die Gelben erzählten sich Witze aus den Gärtnereien und den Reinigungsdepots. Sie würdigten die Jägerin keines Blickes. Dieser Zustand hielt so lange an, bis der Kasten unter etlichen Verrenkungen hielt.

»Raus mit dir, du Seuchenherd. Verunziere nicht länger diesen wertvollen Schutzwagen. Viele Grüße von Solarisso. Er schützt die Stadt vor jeder Gefahr.«

»Er sei verdammt für das, was er tut«, schrie sie dem Gelben zu.

Der öffnete die Tür, und zu viert stießen sie Rianna hinaus ins Freie. Sie stürzte in die Tiefe, während sich über ihr der Kasten schloß. Mit dem Kopf voraus fiel die Jägerin in einen Abgrund. Übler Gestank wehte ihr entgegen. Fäulnis, Altmetall und Abwässer leuchteten tief unten am Grund.

Sie sah einen riesigen Abfallhaufen, dem sie entgegenstürzte. Er mußte sich irgendwo außerhalb der Stadt befinden. Ganz bestimmt lag er nicht unter der Kuppel.

»Schwaf! Hilf mir!« schrie sie. »Hol mich hier heraus.«

Sie erhielt keine Antwort. Der Schwaf, Retter aus so mancher Not, ließ sie diesmal im Stich.

*Verlaß dich nur auf dich selbst*, meldete sich wieder diese Stimme in ihr, die ihr so vertraut vorkam. *Du allein bestimmst über dein Schicksal!*

Die Müllhalde kam rasend schnell näher. Rianna schloß die Augen und kämpfte gegen die aufsteigende Panik an. Nur weg von hier, redete sie sich ein. Wenn du es willst, dann kannst du es. Willst du?

»Ja!« schrie sie und riß die Augen auf. Im nächsten Augenblick prallte sie gegen eine Wand und rollte sich reflexartig ab. Grelles, weißes Licht blendete sie, aber es waren lediglich Blitze auf ihrer Netzhaut. Diese vergingen, und ihre Augen paßten sich an die wirklichen Gegebenheiten ihrer Umgebung an.

Der Eindruck von Gestank existierte nicht mehr. Dafür umfing sie wohlige Wärme. Und sie entdeckte violett schimmernde Lampen.

Rianna lag auf nachgiebigem Untergrund und stellte erleichtert fest, daß ihr Wunsch ähnlich wie beim Durchdringen der Kuppel Wirklichkeit geworden war.

»Danke, Schwaf«, flüsterte sie rauh. »Du hast mir den Weg gezeigt.«

Irgendwann setzte das leise Summen wieder ein. Vielleicht existierte es auch die ganze Zeit, und sie nahm es erst jetzt wahr.

Die Jägerin betastete ihren Körper. Sie hatte den Absturz ins Bodenlose unbeschadet überstanden. Etwas wie Euphorie wollte sich in ihr breitmachen, doch sie wehrte das Gefühl ab und sperrte es aus. Jenseits aller

Wirklichkeit mußte es tödlich sein, sich derart absoluten Empfindungen hinzugeben.

Langsam begann sie umherzugehen. Sie erkundete den Raum, in dem sie sich befand. Mit den Krallen tastete sie sich an der Wand entlang bis zu ihrem Ausgangspunkt zurück. Außer den winzigen Lampen und ihrem eigenen Körper existierte nichts in diesem Raum. Ihr eigener Körper fühlte sich seltsam glatt an, als stecke er in einem elastischen Überzug, der die Schuppen eng an die Haut preßte.

Rianna vermied es, dieser merkwürdigen Illusion nachzugeben und sich an die Untersuchung ihres Körpers zu machen. Sie ging zu einer Lampe und bog den Oberkörper ein wenig zurück, um sich besser betrachten zu können. Das Licht reichte nicht aus. Ihre Augen konnten einfach nichts erkennen. So blieb ihr also nur der Tastsinn. Doch was nützte ihr das. Es gab keinen Ausgang.

Sie wußte nicht, wo sie sich befand und konnte es auch nicht herausfinden. Vielleicht gehörte der Raum zu einem Gebäude an der Müllhalde.

Rianna entschloß sich, erst einmal zu warten und sich auszuruhen. Vielleicht hatte sie Glück, und die Gelben ahnten nichts von ihrem neuen Aufenthalt und ihrer wundersamen Rettung. Die Logik des Gedankens stellte in dieser Welt der Irrealität einen ziemlichen Anachronismus dar. Natürlich konnten sie hier ebenso eindringen wie in den Tunnel, in den sie zusammen mit dem Schwaf geflohen war. Und wenn die Gelben sie erneut aufspürten und festnahmen, dann brauchte sie sich nur an einen anderen Ort zu denken.

Die Frage nach der Wirklichkeit von Vorgängen und Vorfällen stellte sich für die Jägerin nun nicht mehr. Der Riesenkalbrus und die toten Gefährtinnen zählten ebenso wenig mehr wie alles andere auch. Dem Schwaf verdankte sie, daß er sie gründlich von solchen und ähnlichen Vorstellungen geheilt hatte.

Ehe Rianna sich mit Gedanken über die Endlosigkeit des Geistes und die Vergänglichkeit der Materie befassen konnte, übermannte sie die Müdigkeit. Die Wärme ihrer Umgebung tat ein Übriges. Sie hatte keinen Hunger mehr, im Gegenteil, sie fühlte sich gesättigt und schlief ein.

Wie lange sie schlummerte, vermochte sie nicht zu sagen. Als sie emporschrak, lag es an dem ureigenen Instinkt aller Skrekada. Ihr entging nicht, daß sich jemand oder etwas in ihrer Nähe befand. Ein Gefühl der Vertrautheit stellte sich ein.

»Prürou?«

»Sei still. Schalte deine Gedanken ab. Ich bin gleich soweit«, verstand sie den Schwaf.

Etliche Atemzüge vergingen, ehe sie wieder seine Nähe spürte.

»So, alle wichtigen Elemente sind in Ordnung gebracht«, meldete er sich zurück. »Die Temperaturregulierung funktioniert wieder. Und auch andere, wichtige Steuersegmente arbeiten wie gewohnt. Wir bekommen das Ganze in den Griff.«

»Wovon redest du?«

Sie richtete sich ein Stück auf, wobei sein Pelz ihren Kopf streifte.

»Du würdest es ja doch nicht verstehen. Meine Artgenossen und ich bringen die Welt wieder in Ordnung. Erinnere dich, was Chierro gesagt hat. Alles driftet auseinander. Wir führen es wieder zusammen.«

»Chierro, Termini, Firbo, Likwide und all die anderen, wie geht es ihnen?«

»Bald geht es ihnen wieder gut, wie dir. Du wirst sie wiedersehen, Rianna.«

»Wo bin ich?«

»Dort wo die Stadt am schönsten und wärmsten ist. Du wirst keinen Hunger und keinen Durst mehr verspüren.«

»Das verstehe ich nicht.«

»Denk einfach nicht daran. Du wirst das Wissen nicht mehr benötigen. Es würde dich nur belasten. Das Vergessen tut gut. Es ist heilsam.«

»Ich will nicht vergessen. Ich habe Angst davor. Schon einmal habe ich einen Teil meiner Erinnerung verloren.«

»Ich weiß. Es wäre besser gewesen, ich hätte sie dir nicht wieder zurückgegeben.«

»Wer bist du?«

»Einer von wenigen. Wir werden uns wiederbegegnen. Allerdings werden wir uns nicht mehr unterhalten können, Rianna.«

»Es war alles ein Traum, nicht wahr?«

»Du kannst es so sehen. Und letzt leb' wohl. Du warst eine angenehme Begleiterin.«

Er schaute sie aus seinen großen. ausdrucksvollen Augen an.

»Bleib!«

Der Schwaf wurde kleiner und kleiner, und mit ihm schrumpfte auch der Raum um Rianna herum.

»Meine Aufgabe ist getan«, hörte sie das kleine Wesen mit den Schlappohren noch sagen. Dann verschwand er für immer.

Der Raum umgab Rianna jetzt fast schuppennah, und sie glaubte sogar, ihn zu spüren. Die Lichter erloschen. Um sie herum herrschte vollständige Dunkelheit.

War da nicht gerade noch jemand gewesen, der mit ihr gesprochen hatte? Oder bildete sie sich das nur ein? Wo lag sie? Wieso mußte sie an hohe Gebäude und Skrekada in gelben Uniformen denken?

Nein, das stimmte nicht. Sie erinnerte sich nicht an

so etwas. Ihre Gedanken jagten rückwärts durch die Zeit, vorbei an den Bungalows und durch den Humus ohne Pflanzen, hinaus zu den Dünen und zurück zu den Dünen und zurück zum Lager bis zur Jagd auf den Riesenkalbrus.

Bruchteile eines Augenblicks später vergaß Rianna alles. Grelles Licht fiel auf ihr Gesicht. Sie räkelte sich unter der Decke und erschrak ob der lauten Stimme, die über ihr erklang.

»Hat man da noch Töne?« Termini stand unter der Zelttür. »Draußen ist ein herrlicher Tag. Gerade das richtige Wetter zur Kalbrus-Jagd.«

»Guten Morgen«, erwiderte Rianna und wunderte sich ein wenig über ihre Schlaftrunkenheit. »Halte dreimal die Luft an. Dann bin ich auch schon bereit zum Aufbruch.«

# Ianno

Eiserne Klammern hielten ihn an Armen und Beinen und verdammten ihn zur Unbeweglichkeit. Er wollte den Kopf drehen, doch nicht einmal das ging.

Ianno schlug die Augen auf und starrte in das grelle Licht weißer Lampen. Sie hingen über ihm und heizten seinen Kopf und seinen Oberkörper auf. Er verdrehte die Augen, um mehr von seiner Umgebung zu erkennen. Es gelang ihm, aber sofort piekten spitze Nadeln in seine Kopfhaut.

»Der Patient bewegt sich«, hörte er eine monotone Stimme. Ein leises Ächzen und Schaben von Metall erklang. Ein kastenförmiger Roboter tauchte in seinem Blickfeld auf.

»Du bist wach«, stellte er fest. »Kannst du dich erinnern?«

Ianno öffnete den Rachen. Sein Gesicht brannte sehr. Hatte er Verletzungen?

Ein Krächzen kam aus seinem Mund. »Nein. Was ist geschehen?«

»Wir haben dich in einer der Anlagen unter der Stadt gefunden. Du mußt gestürzt sein. Was wolltest du dort unten?«

»Ich weiß nicht.«

Seine Gedanken drehten sich im Kreis. Er strengte sich an, aber irgendwie existierte die Erinnerung nicht.

Ich bin Ianno Iannod, Sohn von Gwynn Egwynn und Rella Rellass, dachte er intensiv. Ich arbeite am SET. Aber was war sonst?

Dort, wo die Nadeln durch seine Haut stachen, entstand Wärme. Auch die Haube, in der sein Kopf offenbar steckte, veränderte die Temperatur. Ianno brauchte eine Weile, bis er feststellte, daß sie sich stark abkühlte.

»Was tust du da?« ächzte er.

»Ich versuche, dein Leben zu retten.«

»Bin ich krank?«

»Ja.«

Er lauschte eine Weile in sich hinein, konnte aber keine Veränderung seines Zustandes feststellen. Vorsichtig senkte er die Körpertemperatur ab und verlangsamte den Atem. Auch das ging. Keine Anzeichen einer Erkrankung.

Zwei weitere Roboter tauchten in seinem Gesichtsfeld auf. Sie besprühten ihn mit einem Desinfektionsmittel. Ianno ließ es kommentarlos geschehen. Er richtete seine Aufmerksamkeit auf das Summen hinter seinem Rücken. Es näherte sich der Liege, auf die sie ihn geschnallt hatten. Ein Vibrationsfeld begann seinen Kopf einzuhüllen. Die Frequenz ließ seinen Körper beben und machte ihn beinahe verrückt. Seine Wahrnehmung trübte sich. Er kämpfte dagegen an und stellte sich so gut wie möglich taub. Es half ein wenig, dann aber setzte die Resonanz ein und trieb ihn an den Rand einer Ohnmacht. Im letzten Augenblick ließen die Vibrationen nach und verhinderten, daß er das Bewußtsein verlor.

»Wer bist du?« vernahm er eine dunkle, besser modulierte Stimme.

»Ianno Iannod.«

»Wo warst du?«

»Auf dem SET.«

»Und danach?«

»Danach habe ich einen Spaziergang gemacht. Ich wollte mir die Reparaturarbeiten im Planquadrat achtzig-sechs-Fomula ansehen.«

»Hast du es getan?«

»Ich weiß nicht …«

»Du mußt es getan haben, denn man hat dich zwischen den Trümmern gefunden. An deinem Kopf be-

Hundert Atemzüge ruhte er, dann erhob er sich langsam und blieb noch eine Weile am Rand der hellen Liege sitzen. Die Roboter warteten und rührten sich auch nicht, als er zu dem Tisch mit seinen Kleidern hinüberging. Gemächlich zog er sich an und nutzte die Gelegenheit, sich die Einrichtung des Raumes genau einzuprägen. Die Anordnung der Aufbauten besaß eine ungewöhnliche Struktur. Er hatte so etwas noch nie gesehen.

Es war eine andere Stadt als die, die er kannte.

Solarissos Stadt. Der Aufenthaltsbereich des Herrschers und seiner Familie, seiner Angestellten und Roboter.

War der Schatten, den er gesehen hatte, Solarisso gewesen? Ganz bestimmt.

Ianno ging zu der Tür, durch die der Grünfluo verschwunden war. Einer der Kastenroboter trat ihm in den Weg.

»Nicht hier. Der Ausgang ist dort drüben!«

Einer der Aufbauten schwenkte zur Seite und gab einen bogenförmigen Durchgang frei. Der junge Skrekada schnalzte mit der Zunge und steuerte darauf zu. Unter dem Bogen blieb er nochmals stehen.

»Wer garantiert mir, daß meine körperliche und geistige Unversehrtheit wiederhergestellt wird oder überhaupt noch vorhanden ist?«

»Solarisso, der Herrscher. Noch nie hat er seinem Volk Leid angetan!«

Welch ein Hohn! Ianno hatte Mühe, seine Wut zu verbergen.

»Ich danke euch.« Er schritt in den goldfarbenen Korridor hinein und gelangte zu einem Aufzug, der ihn nach oben brachte. Der Lift fuhr sehr schnell, so daß es unmöglich war, die zurückgelegte Strecke auch nur annähernd zu bestimmen. Irgendwann glitt die Tür zur

Seite, und er trat in eine Halle mit grau und blau gemusterten Wänden hinaus. Sie gehörte zur Support-Lounge. Als er sich umdrehte, hatte sich die Öffnung in der Wand bereits geschlossen. Die Tür fügte sich nahtlos in die Umgebung ein. Niemand konnte hinter dieser Wand einen Aufzug vermuten.

Ianno Iannod entfernte sich und schlug den Weg zu seiner Wohnung ein. Er betrachtete sich im Fenster und musterte die feinen Schnitte auf seiner Haut. Gesicht, Arme, Beine und die Vorderseite seines Körpers wiesen leichte Verletzungen auf.

Der Skrekada zweifelte, ob es sich wirklich um einen Absturz gehandelt hatte. Das Ganze kam ihm reichlich mysteriös vor. Er konnte sich den Verlust seiner Erinnerung nicht erklären. Auf keinen Fall war er körperlich krank. Er hatte keine schweren Verletzungen. Was aber dann?

*Solarisso, eines Tages wirst du mir Rede und Antwort stehen!*

»In der Oststadt hat es einen Unfall gegeben«, meldete das Funkgerät an seinem Gürtel. »Ein Teil der Sonnenkollektoren ist vom Dach gefallen. Die Stützen sind weggeknickt. Eine Altersschwäche des Materials. Die Reparatur des gesamten Komplexes wird mehrere Monate in Anspruch nehmen. Das Metall wird eingeschmolzen und zu neuen Rohren gegossen.«

Ianno dachte an das, was er in der Schule und in der Ausbildung gelernt hatte. Bei jedem Recycling ging ein kleiner Teil des Materials verloren und mußte anderweitig ergänzt werden. Irgendwann gab es jedoch keine Ressourcen mehr, und ohne Rohstoffquellen blieb nichts anderes übrig, als alle Maschinen und Geräte immer kleiner zu bauen und die Technik so zu verfeinern, daß die kleineren Aggregate dieselbe Leistung erbrachten wie die bisherigen. Doch auch dieser Vorgang fand irgendwann sein Ende, wenn eine Verkleinerung nicht mehr möglich war.

*Das ist dann das Ende unserer Zivilisation,* überlegte Ianno und hörte weiter dem Funkgerät zu.

In der Südstadt brach ein Abwassersystem zusammen, die verschmutzte Brühe überflutete Untergeschosse und Tiefkeller. Bestimmt zählte Solarissos Bereich nicht zu den betroffenen, aber die entstandenen Schäden betrafen ein ganzes Wohnviertel. Es würde lange dauern, bis das jetzt verunreinigte Wasser gesammelt und zurück in den Kreislauf gepumpt werden konnte.

An seinem Ziel angelangt, ließ Ianno geduldig die Prozedur der Dekontamination über sich ergehen.

»Ebbo Ebbosh hat den SET vor drei Stunden verlassen«, teilte ihm der Automat mit. »Er hat eine Nachricht für dich hinterlassen.«

Ianno bedankte sich und eilte die Stufen hinauf und zu seinem Arbeitsplatz. Mit raschen Blicken vergewisserte er sich, daß alles noch so war, wie er ihn verlassen hatte. Dennoch, Grund zum Mißtrauen ergab sich aus dem Verhalten des Kollegen allemal. Ebbosh hatte ihn umbringen wollen. Warum sollte er von seinem Vorhaben abgerückt sein? Bei der Nachricht konnte es sich eigentlich nur um eine Falle handeln.

Geschmeidig und leichtfüßig bewegte sich der junge Skrekada vorwärts. Immer wieder sprach seine Kommunikationsstelle an und wies ihn darauf hin, daß ihn jemand dringend zu sprechen wünschte. Er ignorierte es. Das hatte Zeit für später.

Jetzt sprach auch sein Instinkt an und warnte ihn vor einer Gefahr. Ianno entfernte sich ein Stück von seinem Sessel und machte einen großen Bogen um das Terminal. Er umrundete ein paarmal den SET und zog seine Kreise immer enger. Dabei verhielt er sich wie in der

Zentrale des Reparaturbüros, ließ alle Details seiner Umgebung auf sich einwirken und schaltete sein Vernunftdenken nach Möglichkeit aus. Einem Psychopathen wie Ebbo Ebbosh ließ sich nicht mit klarem Verstand beikommen. Ebenso wenig wie Solarisso.

Ianno Iannod schloß die Augen und blieb in der Mitte zwischen den Anlagen stehen. Von hier aus konnte er beide Terminals sehen und miteinander vergleichen. Bei Ebbosh lagen ein paar Dinge des persönlichen Gebrauchs herum, Notizzettel und Reste einer Mahlzeit. Nichts, was irgendeinen Argwohn hätte erregen können. Dennoch hütete Ianno sich, dem Terminal seines Widersachers zu nahe zu treten. Natürlich rechnete Ebbo damit, daß er versuchen würde, sich nicht des eigenen Terminals zu bedienen. Also hatte er Vorsorge getroffen und zwang Ianno damit, das eigene Terminal zu benutzen. Folglich mußte er auch dort mit einem Hinterhalt rechnen.

Ebbosh würde nicht wagen, den SET mit seinen wichtigen Anlagen zu beschädigen. Es gab nur zwei Orte, wo er Ianno erwischen konnte. An der Tastaturleiste mit dem Eingabefeld und am Sessel.

Der Skrekada legte sich auf den Boden und robbte zu seinem Sessel hinüber. Er spähte unter den Sitz und gab ein zufriedenes Knurren von sich. Ein hauchdünner Schnitt im Bezugsstoff deutete an, daß sich jemand zu schaffen gemacht hatte. Ianno zog sich zurück und prüfte den Sessel seines Kontrahenten auf dieselbe Weise. Er fand keine Spuren.

Wieder meldete sich die Kommunikationsstelle, aber er ignorierte es noch immer. Er beschnupperte die beiden Konsolen und die Eingabefelder. Bei Ebbosh roch es bitter, Iannos eigene Konsole war in Ordnung.

»Ein Sessel und ein Eingabefeld also«, flüsterte er. »Wieso meldet sich Solarisso nicht? Der kontrolliert den SET. Die Manipulationen müssen ihm aufgefallen sein.«

Parallelen zu seinem Vater drängten sich auf. Gwynn Egwynn war bei einer Explosion ums Leben gekommen, allerdings nicht auf dem SET.

Spontan packte er seinen Sessel und schob ihn hinüber zu Ebbo Ebboshs Konsole. Den anderen Sessel bewegte er vorsichtig bis zu seinem eigenen Terminal.

Ganz vorsichtig ließ er sich in seinen Sessel sinken und gab auf Ebbos Tastatur den Kode ein. Die beiden Bildschirme erhellten sich, das Freigabezeichen erklang. Plötzlich ertönte ein schrilles Lachen.

»Du hast es also durchschaut«, hörte er den Hysteriker sagen. »Es war sehr einfach, nicht wahr? Aber du täuschst dich in mir. Wenn ich arbeite, dann tue ich es gründlich. Du hast auf dem SET keine Chance.«

Ianno schnellte sich aus dem Sessel und rollte sich zwischen die Aufbauten. Aus der Sitzfläche schoß eine Stichflamme. Augenblicke später brannte der Sessel lichterloh. Das Eingabefeld der Tastatur glühte grell auf und sonderte giftige Dämpfe ab. Drüben an Iannos eigenem Terminal passierte dasselbe.

Der Skrekada reagierte kühl und sachlich. Er sprang auf und mußte feststellen, daß er genau zwischen den beiden Brandherden stand. Er saß in der Falle.

»Falls du der Anrufer warst, wolltest du mir vermutlich mitteilen, daß ich keine Chance gegen dich habe«, zischte er. »Du hast dich verrechnet, Ebbo Ebbosh.«

Er duckte sich, schätzte den Abstand bis zur Oberkante der Aufbauten ab. Mit aller Kraft schnellte er sich hoch, bekam die Kante mit den Krallen zu fassen. Gleichzeitig zog er die Beine an den Körper, drehte sich in der Luft und nutzte den Schwung. Mit dem Rücken prallte er gegen die metallene Oberseite der Aufbauten und wälzte sich ein Stück von der Kante weg. Unter ihm summte es unentwegt. Hier oben, jenseits der Schalldämmung, hörte es sich ziemlich gefährlich an.

Mit drei, vier Sätzen sprang Ianno über die Aufbauten hinweg. Am Vorsprung der Treppe angelangt, hüpfte er auf das Geländer hinab. Er rutschte aus und schlitterte den Handlauf entlang bis zur Dekontaminationsschleuse. Oben an der Treppe schoß eine Stichflamme aus dem Boden bis fast zur Decke hinauf.

Ianno prallte mit dem Kopf auf den Boden und sah Sterne. Für ein paar Atemzüge umfing ihn Finsternis, dann kehrte sein Augenlicht zurück. Und mit ihm auch die Erinnerung. Er wußte plötzlich wieder, was seit dem Verlassen des SETS geschehen war.

Mit einemmal wurde ihm die Gefahr bewußt, in der er sich befand.

Ianno Iannod haute ab, so schnell ihn seine Beine trugen.

Grünfluos!

Sie lauerten in der Nähe seiner Behausung. Sie gaben sich nicht einmal Mühe, ihre Anwesenheit zu verbergen.

Spätestens in diesem Augenblick faßte Ianno den Entschluß, die Identität des geheimnisvollen Wesens Solarisso zu enträtseln. Es mußte eine Möglichkeit geben. Die Frau hatte ihm vielleicht den richtigen Weg gewiesen, und der Skrekada bereute es nachträglich, an ihren Worten gezweifelt zu haben. Sie gehörte zu einer Gruppe, die gegen die Willkür des Herrschers kämpfte. Dies machte sie vertrauenswürdig.

Ianno verließ den Aufzug fünfzehn Etagen tiefer auf der abgewandten Seite des Gebäudes. Er nahm einen Steg zu den unteren Ebenen und gelangte ungesehen in eines der alten Treppenhäuser. Hier hatte er als Kind schon gespielt, und hier kannte er jeden Winkel. Die Zugänge zu den Treppenhäusern waren im Normalfall verschlossen, aber es gab Türen, die einfach nur klemmten. Für sie existierten keine Schlüssel mehr, oder die Schlösser ließen sich nicht bewegen, weil der Rost in ihnen wahre Orgien feierte. Die Stadt mit ihren Problemen konnte sich nicht auch noch um Türschlösser kümmern.

Ianno nutzte seine Ortskenntnis und stieg gemächlich empor. Vierzig Stockwerke bedeutete selbst für einen jungen, trainierten Skrekada wie ihn eine bedeutende Anstrengung. Alle zehn Stockwerke legte er eine Pause von tausend Atemzügen ein. Wenn er oben anlangte, durfte er nicht erschöpft sein. Dann kam es vor allem auf Schnelligkeit an.

»So leicht mache ich es dir nicht, Solarisso«, flüsterte er.

Die Frau und die Männer in der Bungalowsiedlung hatten ihn bewußtlos geschlagen und ihm leichte Verletzungen zugefügt. Und sie hatten obendrein dafür gesorgt, daß er zumindest vorübergehend die Erinnerung an das verlor, was geschehen war.

Daß jetzt die fliegenden Roboter vor seiner Tür warteten, bedeutete, daß der Herrscher und seine Maschinen mehr wußten, als Ianno lieb sein konnte. Vielleicht hatten sie Ebbo Ebbosh geschnappt und verhört. Oder die Frau oder ein anderes Mitglied der Gruppe.

Fünf Etagen unterhalb seiner Wohnung öffnete der junge Skrekada in einer leerstehenden Wohnung die Wandklappe und zwängte sich in den dunklen Abfallschacht. Über das Risiko war er sich voll und ganz im klaren. Wenn jetzt auch nur ein einziger Bewohner der oberen Etagen einen Müllbeutel in den Schacht warf, würde er unweigerlich abstürzen. Selbst ein leichter Beutel erreichte im Schacht eine solche Beschleunigung, daß keine Muskelkraft den rasenden Fall in die Tiefe aufhalten konnte.

Mit dem Rücken preßte er sich an die Wandung, auf der anderen Seite drückte er mit den Knien und den Handflächen gegen das verschmutzte Metall der Röhre. Stück für Stück arbeitete er sich so empor. Diese Art der Fortbewegung kostete ein Vielfaches mehr an Kraft als das Treppensteigen. Die Anzahl der Pausen nahm entsprechend zu, aber irgendwann nach fünftausend Atemzügen erreichte Ianno die Höhe seiner Etage und ertastete die Klappe seiner Wohnung. Er öffnete sie einen Spalt weit und vergewisserte sich, daß keiner der Roboter in der Nähe lauerte. Zwei leichte Rucke nach oben, dann befand sich sein Körper oberhalb der Öffnung.

Mit den Beinen voraus, stieg er in seine Wohnung hinein. Der Geruch, den er verbreitete, mußte selbst abgebrühte Arbeiter in den Verbrennungsanlagen in die Flucht schlagen. Ein schmieriger Film klebte an seinen Kleidern und den Händen. Er huschte ins Bad und wischte sich mit einem Tuch oberflächlich sauber. So schnell es ging, wechselte er die Kleidung. Geduckt eilte er zu einem der Fenster neben der Tür und spähte aus dem Schutz des Halbdunkels hinaus ins Freie.

Noch immer warteten sie auf ihn. Einer schwebte in der Nähe des Eingangs, der andere hing drüben neben dem Steg in der Luft und beobachtete die Umgebung des Hauses. Zwei Stunden tat sich nichts, und in dieser Zeit verzichtete Ianno auf alles, was sie irgendwie auf ihn aufmerksam hätte machen können. Trotz ihrer technischen Hochwertigkeit schienen die Roboter über ein eingeschränktes Programm zu verfügen. Sie rechneten fest damit, daß er die Wohnung von außen betrat. Mit einem Aufstieg im Müllschacht schienen sie nicht zu rechnen.

Ianno wartete, bis die Grünflous ihre Positionen verließen. Ein paarmal schwebten sie um das Gebäude herum, dann schienen sie überzeugt, daß er seine Wohnung heute nicht aufsuchen würde. Zumindest nicht vor Einbruch der Dunkelheit.

Der Skrekada wußte, daß ihm nicht viel Zeit blieb, um an sein Ziel zu gelangen. Zum SET konnte er nicht zurückkehren. Es ergab auch keinen Sinn. Egal wie, er mußte in die Bungalowsiedlung zurückkehren und seine Arbeit fortsetzen.

Der Aufzug brachte ihn hinab bis in den Keller. Er durchquerte die Etage mit der Pflanzenaufzucht, folgte einem Leitungssystem bis zum Ende des Wohnviertels und verschwand dann endgültig im Untergrund. Dunkle Stollen und veraltete Fabriken säumten seinen Weg. Immer wieder hielt er an und lauschte. Das Glück war auf seiner Seite. Niemand begegnete ihm, obwohl hier überall Skrekada arbeiteten.

Ianno Iannod nahm sich Zeit. Er wußte, daß sie oben nach ihm suchten und irgendwann auch in die Tiefe vorstoßen würden. Er wußte nicht, wieviel Zeit ihm blieb. Er steuerte ein Ziel an, wo sich der Übergang an die Oberfläche einigermaßen sicher bewerkstelligen ließ. Sobald er ans Tageslicht zurückkehrte, mußte er zwangsläufig an ihnen vorbei. Skrekada konnte man durch andere Kleidung und Kopftücher täuschen. Roboter nicht.

An der Grenze zur Südstadt wies metallisches Quietschen auf die Ankunft des ersten Kastenroboters hin. Die Maschine steckte in einem veralteten Lastenaufzug, der auf halber Höhe in der Aufstiegsöffnung hängen blieb. Der Roboter stieg dennoch aus und krachte mit seinem vollen Gewicht auf den Boden. Die Gemäuer dröhnten, teilweise rieselte sogar Putz von den Wänden. Die Maschine versuchte, aus eigener Kraft auf die Beine zu kommen, schaffte es aber nicht.

Ianno eilte zu ihr hin und schaltete sie ab. Anschließend öffnete er die Rückenklappe und nahm das

Funkgerät heraus. Es wog schwer in seinen Händen, aber es verfügte über Eigenstrom. Er nahm es mit, änderte seine Richtung und stellte es tief in der Südstadt in eine Abstellkammer. Dort schaltete er es ein.

Natürlich suchten sie längst nach dem Roboter, zu dem die Funkverbindung abgebrochen war. Nun sendete das Gerät an einem völlig anderen Ort. Daraus ergab sich eine Änderung im Suchkonzept, die Ianno nur erahnen konnte. Auf alle Fälle wollte er den Vorteil nutzen, der sich für ihn daraus ergab.

So schnell es ging, eilte er den Weg zurück und stieg hinauf an die Oberfläche. Er mischte sich unter seine Artgenossen, die ihrem Tagwerk nachgingen. Keiner achtete auf ihn. Er trug gewöhnliche Straßenkleidung und fiel daher überhaupt nicht auf.

Ianno ließ sich treiben, wechselte mehrmals die Richtung und gelangte unauffällig in die Nähe der Oststadt. Endlich tauchte auch der erste Grünfluo auf und nahm dem jungen Skrekada einen Teil seiner Befürchtungen, lediglich die Marionette in einem Spiel des Herrschers zu sein.

Ungehindert durchquerte er die Oststadt. Er wechselte jetzt öfter als bisher die Richtung, nahm lieber das Risiko einer möglichen Konfrontation in Kauf, um auf keinen Fall sein Ziel zu verraten.

Vielleicht war es auch sinnlos, und sie hatten das Versteck bereits entdeckt.

Plötzlich vernahm Ianno ein leises Sirren hoch in der Luft. Ein Grünfluo war es nicht, die machten keine Geräusche.

*Jetzt bloß nicht hochsehen!« schärfte er sich ein. In den Fenstern der Fassade gegenüber entdeckte er die winzige, silberne Kugel, die über der Straßenschlucht hing und sich langsam entgegengesetzt seiner Laufrichtung bewegte.*

*Ein Spion!« durchfuhr es Ianno. Ich hätte daran denken*

*müssen. Die Frau und Ebbo Ebbosh haben mich eindringlich genug auf diese Gefahr hingewiesen.*

Er setzte seinen Weg fort, als sei nichts geschehen. Vielleicht gab es für ihn eine Chance, wenn sie noch nicht gemerkt hatten, daß er in seiner Wohnung gewesen war und sich umgezogen hatte.

Ianno trat in einen Hauseingang und blieb stehen. Ein enttäuschtes Schnauben entfuhr ihm. Wenn er es richtig betrachtete, war alles sinnlos, was er unternahm. Vielleicht wollten sie ihn nur in Sicherheit wiegen, damit er sie zum Schlupfwinkel der Gruppe führte.

Falls er es rechtzeitig erkannte, blieb immer noch der Weg durch die Gärten bis zur Kuppelwandung.

Und dann?

Die Flucht hinaus? In die Hölle? Vielleicht war es immer noch besser als der Tod.

Als er sich am Rand der Oststadt näherte und zum erstenmal die Bungalowsiedlung erblickte, tauchte ein Sechserpulk Grünfluos auf. Er trieb genau in die Richtung, die sein Ziel war.

Ianno faßte einen Entschluß und kehrte um, merkte jedoch bald, daß dies die schlechteste Entscheidung war, die er hatte fällen können. Dreihundert Atemzüge hinter ihm patrouillierten sie, gestaffelt in mehrere Reihen und unterschiedlichen Höhen. Auf allen Ebenen der Stadt waren sie gegenwärtig und schienen nur eine Aufgabe zu haben: Ihn vor sich herzutreiben.

Der Skrekada verschwand wieder unter der Oberfläche und suchte sich einen neuen Weg.

Seinem Zeitgefühl nach mußte es längst mitten in der Nacht sein. Egal, wohin er sich wandte, wenig später tauchten sie auf und signalisierten ihm, daß sie genau wußten, wo er sich befand. Ianno sah ein, daß er keinen Ausweg mehr besaß.

Er begann zu rennen und wechselte mehrmals die Richtung. Er zwängte sich durch schmale Schächte und balancierte auf dicken Rohrleitungen, verkroch sich in einem Aufzugschacht und hangelte sich am Stahlseil empor bis in den Keller eines Hauses. Er rief mehrere Skrekada zu sich und schickte sie auf die Jagd nach einem Saboteur.

Tatsächlich gelang es ihm, die Grünfluos in der Tiefe für kurze Zeit zu verwirren. Er nutzte es, um endgültig von der Oststadt in die schmalen Gassen zwischen den Bungalows überzuwechseln.

Und wieder waren sie da. Ein paar Gassen weiter leuchtete es grün, und am Himmel tauchten ebenfalls mehrere der fliegenden Maschinen auf.

»Bis hierher und nicht weiter«, entschied Ianno und setzte sich in einen Hauseingang. »Ich weiß sowieso nichts, was euch nützen könnte.«

Zwei Hände klatschten gegen seinen Rücken, und er fuhr mit einem leisen Schrei herum. Krallen bohrten sich zwischen seine Schuppen und verletzten seine Haut.

Es war die Frau. Sie zog ihn in das Haus und stieß ihn eine schmale Treppe hinunter, die ebenfalls hinter dem Türrahmen begann. Unten mündete sie in einen Stollen. Die Frau leuchtete mit einer Lampe und eilte voran.

»Los!« zischte sie. »Wenn dir dein Leben lieb ist, dann lauf.«

Ianno schüttelte die Resignation ab und rannte, so schnell seine Beine ihn trugen. Der Stollen gehörte zu einem ganzen System von Gängen, die unter der Bungalowsiedlung verliefen. Er schloß zu der Frau auf und prallte gegen sie, als sie plötzlich stehen blieb.

»Nicht so stürmisch«, hauchte sie. »Warte!«

Sie berührte einen verborgenen Mechanismus in der Stollenwandung. Eine Tür schwang auf, und dahinter erkannte Ianno das Privatgemach, das er bereits kannte. Hastig schlüpfte er hinein und folgte der Frau in den Raum mit den Terminals. Seine Erwartung erfüllte sich nicht, hier Ebbo Ebbosh und die anderen Männer zu treffen.

»Wo sind sie?«

»Unterwegs. Sie haben ähnliche Probleme wie du, nach Hause zu kommen. Die Roboter suchen nicht nur dich.«

»Wir sollten verschwinden. Sie kennen das Versteck.«

»Sie können es nicht kennen. Solarisso kann es höchstens vermuten.« Sie deutete auf das Terminal.

»Mach dich an die Arbeit. Du allein bist in der Lage, die Katastrophe zu verhindern. Keine Fragen mehr, Ianno. Ich werde Wache halten. Du arbeitest!«

Etwas war in ihrer Stimme, was es ihm unmöglich machte zu widersprechen. Er ließ sich in den Sessel sinken und aktivierte das Terminal.

»Rufe mich, wenn du etwas brauchst«, fügte sie hinzu. Dann war sie auch schon draußen im Vorraum. Er hörte sie die Treppe hinaufgehen.

Ianno machte sich an die Arbeit. Er schrieb sieben Prüfroutinen und speiste sie in das Netz der Stadt ein. Diesmal besaßen sie ein festes Ziel, nämlich die vom SET aus nicht zugänglichen Automaten, die einen Teil dessen steuerten, was in den Kammern der Schläger vor sich ging. Erneut füllten merkwürdige Bilder die Schirme, Bilder, die Ianno bereits kannte. Er sah die Hölle und die Skrekada, die durch diese Hölle zogen und sich in Richtung der Stadt wandten. Er entdeckte die Akausalität und völlige Irrationalität der Abläufe und erfuhr die ersten Namen. Rianna, Termini, Likwide, Firbo, Chierro. Er rief einen zusätzlichen Prozeß auf und gab die Namen ein. Die Auskunft bestätigte seine Vermutung. Es waren die Vornamen von Schläfern.

Ianno erlebte, wie fliegende Würmer die Skrekada töteten. Ein Schauer nach dem anderen jagte durch seinen Körper. Seine Schuppen stellten sich steil auf. Eine Weile unternahm er nichts, sondern starrte nur auf die Bildschirme. Die Frau, die sich Rianna nannte, drang durch die Kuppel in den Bereich der Stadt ein. Damit stellte sich endgültig heraus, daß sie von dort kam, wo kein Skrekada und kein anderes Lebewesen existieren konnte. Immer wieder tauchte ihr kleiner Begleiter mit den großen Ohren und dem Stock auf.

»Die Träume wiederholen sich, und sie sind völlig absurd. Wenn die Schläfer erwachen, werden sie verrückt sein.«

Er mußte an die Erfahrungen mit den ersten Rückkehrern denken, die sein Vater damals gemacht hatte. Sie waren wahnsinnig gewesen, nicht mehr lebensfähig. Einen Tag lang hatten sie primitivste Ur-Instinkte ausgelebt, ehe sie innerhalb kurzer Zeit gestorben waren.

Seither hieß es, die verunglückte Rückholung der Schläfer hätte zu den Störungen in den Programmen geführt. Was für ein Irrglaube.

Ianno wußte allerdings auch, daß die später erfolgte Erweckung der Schläfer in den übrigen neunundneunzig Kammern keine Probleme gemacht hatte. Warum das so war, entzog sich seiner Kenntnis.

Er schickte weitere Prüfroutinen auf den Weg. Draußen – so wußte er – lauerten die Grünfluos. Ihnen konnte er nicht entkommen. Vielleicht aber ließ Solarisso ihn gewähren, bis er die schlimmsten Fehler in den Programmen beseitigt hatte.

Ianno Iannod arbeitete wie besessen. Als es nach seinem Zeitgefühl draußen schon hell war, schaute die Frau kurz einmal herein und brachte ihm Wasser. Er trank den Becher in einem Zug aus.

Erste Analysen liefen. Die Fehlerquellen in den

Traumprogrammen lagen offen. Probleme mit dem Zugang zu den Speichern gab es ebenfalls nicht. Der Herrscher verzichtete darauf, Ianno irgendwelche Hindernisse in den Weg zu legen.

Parallel zu den Analysen arbeitete der junge Skrekada an Lösungen für die Wiederherstellung der ursprünglichen Programme. Überall, wo er Tests durchführte, fand er Fehler. Fast jedes Programm besaß eine falsche Länge. Es gab fehlerhafte Zuordnungen und falsche Inhalte. In den Traumprogrammen fand er Teile eines Sourcecodes, der zur Energiesteuerung gehörte. Andere Bereiche verursachten Störungen, weil sie ständig zwischen verschiedenen Aufgaben hin und herzuschalten versuchten und kein Programm richtig funktionierte. Die Störungen wirkten sich im Endeffekt auf die Maschinen der Versorgungsanlagen aus.

Die Hochrechnung, daß für die Vermeidung eines totalen Zusammenbruchs der Welt ein halbes Jahr Zeit blieb, war falsch.

Wenige Wochen höchstens noch, dann verwandelte sich die Stadt in ein einziges Grab, und das Volk der Skrekada verschwand aus dem Universum.

Ianno schrieb eine entsprechende Notiz und schickte sie durch das Netz in der Hoffnung, daß es irgendwo einen geheimen Zugang zum System des Herrschers gab. Die Notiz lagerte sich in allen Endgeräten ab, unterlag jedoch dem Level Eins-Zugang. Außer Solarisso konnte sie niemand abrufen. Andernfalls wären Panik und Depression ausgebrochen.

Die Analysen der Traumprogramme waren abgeschlossen, und Ianno begann mit der zeitaufwendigen Reparatur. Hätte er alles von Hand programmieren müssen, wäre er in tausend Jahren nicht fertig geworden. So aber bedurfte es nur einiger Befehle an das Grundprogramm, und die Restaurierung der ursprünglichen Programminhalte begann. Ianno brauchte nur noch nachzuprüfen, ob die Programme auch funktionierten.

Die Träume der Schläfer normalisierten sich. Rianna empfand plötzlich keine Angst mehr vor der Stadt, in der sie sich bewegte. Ihr Begleiter mit den großen Ohren tauchte zwar immer noch auf, aber die Wirklichkeiten verschoben und überlagerten sich nicht mehr. Und Rianna drohte auch angesichts der überstarken psychischen Belastung nicht mehr aus ihrem Traum zu erwachen. Sie nahm die Kammer um sich herum, das violette Licht und den Behälter nicht mehr wahr. Das Lagerleben in der Einöde normalisierte sich und ging seinen gewohnten Gang. Die Jägerinnen brachen zur Jagd auf, ohne Gefahr laufen zu müssen, von einem Riesenkalbrus zu Tode getrampelt zu werden.

Ianno beugte sich über die Tastatur und sandte erneut eine Botschaft an den Herrscher.

»Wir müssen über den Tod meines Vaters sprechen und über den anderer Skrekada. Die Lage erfordert es, daß du Rechenschaft über dein Tun ablegst.«

Irgendwann – es mochte gegen Abend sein – vernahm er das Poltern von Stiefeln auf der Treppe und lehnte sich zurück. Augenblicke später trat Ebbo Ebbosh in Begleitung von zwei Männern ein.

»Endlich«, sagte Ianno erleichtert. »Welch ein Glück, daß ihr es geschafft habt. Ich bin erschöpft und brauche dringend Schlaf. Laßt uns verschwinden. Dieser Ort ist nicht sicher genug. Solarisso kann ich von hier aus nicht erreichen. Aber er weiß genau, wo er mich findet.«

»Kein Wunder«, entgegnete Ebbosh. »Du sitzt an seiner Steueranlage!«

Ianno Iannod hatte das Gefühl, als ziehe ihm jemand den Boden mitsamt dem Sessel weg. Wie erstarrt saß er da und fixierte den Artgenossen mit funkelnden Augen. Irgendwie kam er sich plötzlich wie Rianna vor, ein hilfloses Wesen in einem nicht enden wollenden Alptraum.

»Ja, du hast richtig gehört«, fuhr Ebbo Ebbosh fort. Die Schuppen an seinem Hals lagen ein wenig glatter an als gewöhnlich, und diesmal konnte es nur ein Zeichen der Belustigung sein. »Es gibt kein zweites System wie dieses. Gewissermaßen handelte es sich um eine Notlüge, als wir es dir weismachten.«

Er setzte sich vor Ianno auf den Boden und streckte ihm die Handflächen entgegen.

»Es existiert eine Gruppe in der Stadt, die es sich zur Aufgabe gemacht hat, Solarisso abzulösen und die Herrschaft an sich zu reißen. Tess Tessmer gehörte zu ihr. Andere Mitglieder konnten mit Hilfe der Traumprogramme identifiziert werden. Solarisso hätte jedoch nie jemanden auf Grund von defekten Programmen verurteilt. Er ließ die Verschwörer beobachten. Wo es zu Übergriffen kam, sorgten die Roboter dafür, daß einer nach dem anderen von der Bildfläche verschwand.«

»Du bist Solarisso!« schrie Ianno ihn an. »Nur du allein durftest ungestraft Feuer auf dem SET legen.«

Er warf sich auf den Artgenossen und versuchte, die scharfen Reißzähne in dessen Hals zu schlagen. Ebbosh drehte sich von ihm weg und streifte ihn mit einer entschiedenen Bewegung ab.

»Du irrst dich«, zischte er. »Aber es hat immerhin Spaß gemacht, von deinem Ausflug durch den Müllschacht zu hören und deine Flucht durch die Stadt zu beobachten.«

»Du hast meinen Vater auf dem Gewissen. Dafür wirst du sterben.«

Ianno hielt plötzlich ein Metallstück in der Hand. Es stammte von der Verkleidung des Tisches im Ruheraum. Er hatte es in einer der wenigen Arbeitspausen und voll von Ahnungen und innerem Zorn an sich genommen. Jetzt hob er es empor und holte zum tödlichen Stoß aus.

Ebbos Begleiter griffen ein. Sie rangen Ianno nieder und drückten ihn in den Sessel zurück.

»Nein«, sagte Ebbosh und erhob sich. »Dein Vater war Opfer eines Unfalls. Weder Solarisso noch ich haben irgend etwas damit zu tun. Es gab in seiner Gruppe einen, der bestrebt war, die Tat dem Herrscher in die Schuhe zu schieben.«

»Ich glaube dir kein Wort. Gib das Versteckspiel endlich auf und stehe zu deinen Untaten.«

»Ebbo hat keine Untaten zu verantworten«, sagte die Frau von der Tür her. »Das Feuer auf dem SET und die ganzen Vorgänge dienten dazu, dich aus der Reserve zu locken. Solarisso brauchte Gewißheit, ob er dir vertrauen kann. Du bist intelligent, Ianno. Nie bestand eine Gefahr für dein Leben. Mit deinem waghalsigen Aufstieg durch den Müllschacht konnte niemand rechnen. Hätten wir so etwas geahnt, wären wir anders vorgegangen, um uns von deiner Loyalität zu überzeugen.«

Ianno wollte sich aufrichten, aber die beiden Männer hielten ihn eisern fest.

»Ist sie Solarisso?« ächzte der junge Skrekada. »Antworte, Ebbosh!«

»Nein. Solarisso ist vor ihr angekommen. Er hat den Weg durch deinen Privatraum genommen. Der Herrscher steht dort drüben!«

Ianno riß den Kopf zur Seite und starrte zum Durchgang. Ein Stöhnen drang aus seinem Rahmen. Er zappelte im Sessel. Endlich ließen die beiden Männer ihn los.

»Ich bin der Schatten, den du gesehen hast. Mir gehört die Stimme, die zu dir gesprochen hat, die du jetzt wiedererkennst«, sagte Solarisso und machte zwei Schritte auf den Skrekada zu. »Was Ebbo Ebbosh und Gena Genadd dir gesagt haben, entspricht der Wahrheit.«

»Solarisso!« ächzte der junge Skrekada. Sein Blick ging durch die goldene Gestalt hindurch.

»Ja, das bin ich. Und ich werde es auch weiterhin bleiben.«

Solarisso war nicht ganz so groß wie ein erwachsener Skrekada. Dafür ein wenig breiter, eigentlich ziemlich gedrungen. Sein Körper hatte eine goldene Schale, in seinem langgezogenen Skrekada-Kopf leuchteten zwei türkisfarbene Augen. Solarisso gab ein helles Lachen von sich.

»Ich bin die Schaltzentrale des gesamten Systems und die einzige bewegliche Einheit«, fuhr er fort. »Man hat mir bei der Errichtung der Stadt eine Schar Roboter mitgegeben, die für meinen persönlichen Schutz sorgt. Das Stollensystem überall unter der Kuppel habe ich nach und nach angelegt, um als Fußgänger bessere Bewegungsmöglichkeiten zu haben. Nur ein kleiner, enger Kreis von Vertrauten kennt meine Identität. Du zählst ab sofort zu diesem Kreis, Ianno Iannod. Dein Vater sollte es ebenfalls erfahren, aber da riß ihn der Unfall aus unserer Mitte.«

»Solarisso, ein Roboter!« Iannos Gesicht zuckte, die Kiefer bebten. »Eine Maschine als Herrscher.«

»Die beste Lösung. Wenn du die Geschichte unseres Volkes kennst, wirst du mir zustimmen.«

Solarisso begann zu erzählen. Er berichtete von jener Zeit, als auf dem Planeten Erkanop der Bruderkrieg ausgebrochen war und die herrschende Kaste der Arkada alle friedlich gesinnten Skrekada auf einen einsamen

Planeten abseits der Handelsrouten deportiert hatte. Aus Angst, die Skrekada könnten sich stark vermehren und in ferner Zukunft zu einer großen Population und damit zu einer Gefahr werden, verseuchten sie den Planeten radioaktiv und gestanden den Deportierten lediglich einen begrenzten Lebensraum unter einer schützenden Kuppel zu.

»Dies ging etliche Jahrhundert gut. Die Skrekada fanden ihr inneres Gleichgewicht wieder. Eine meiner wichtigsten Aufgaben als Herrscher sah ich darin, die Belastung der Vergangenheit zu tilgen. Nach und nach vergaßen die Bewohner Solarissos ihre Herkunft und ihre Schmach. Sie verstanden sich als einziges Volk im Universum und vermehrten sich. Und damit war das erste Problem geboren. Die Bevölkerung wuchs. Ich konnte diesen Prozeß nicht stoppen, ließ die Kammern bauen und opferte dafür einen Teil der Anlagen, die den Skrekada einen gewissen Luxus gewährt hatten. Mit den Kammern und den Schläfern jedoch entstand eine neue Situation. Die ersten Rückkehrer verloren den Verstand. Es dauerte lange, bis der Grund gefunden war. Es fehlten ihnen die Träume, in denen ihr Unterbewußtsein alles verarbeitete, wozu ihr Bewußtsein nicht in der Lage war. Instinkte, Komplexe und vieles mehr. Also erfand ich die Traumprogramme ohne zu ahnen, daß sich die bereits entstandenen Fehler über alle Systeme der Stadt verbreiten würden. Irgendwann gerieten selbst die Träume durcheinander und gefährdeten die Schläfer.«

Solarisso schwieg, trat dicht an Ianno heran und legte ihm eine seiner kalten Hände auf den Arm.

»Längst dienen die Träume der Vorbereitung auf das Leben draußen, außerhalb der Kuppel«, fuhr der Herrscher fort. »Die Programme folgen bestimmten Richtlinien. Die Konfrontation zwischen den Nomaden und den Stadtbewohnern ist ein Konstrukt, das später helfen soll, den Skrekada die Wahrheit schonender beizubringen. Denn irgendwann müssen sie die Wahrheit erfahren, daß sie nicht allein sind im Universum, daß sie ein kriegerisches Brudervolk haben, das vielleicht eines Tages kommt, um sie erneut zu dezimieren. Bisher haben sie ihre Träume vergessen, wenn sie erwachen. Aber beim nächsten Mal werden sie sich daran erinnern. Die Zeit ist reif. Ich habe Flugsonden hinausgeschickt in die Wüste, die ihr Hölle nennt. Du kennst diese winzigen Maschinen inzwischen, Ianno. Sie kommen auch in den Träumen vor. Sie stellten fest, daß die Radioaktivität abgeklungen ist und daß es an den Küsten der beiden Ozeane fruchtbare Zonen gibt. Dort liegt eure Zukunft und vielleicht auch meine. Und dafür treffe ich seit langer Zeit die Vorbereitungen.«

Ianno Iannod summte der Kopf. Er atmete hektisch, und der goldene Roboter wartete geduldig, bis er sich beruhigt hatte.

»Ich habe mehrere Tage benötigt, um es zu verkraften«, sagte Ebbo Ebbosh. »Es ist nicht leicht. Aber je intensiver du dich damit beschäftigst, desto besser geht es.«

Ianno schluckte krampfhaft. Er begriff, daß Solarisso die Wahrheit gesagt hatte und es keine andere Wahrheit gab als diese. Die Zukunft würde anders aussehen als die Vergangenheit.

»Ihr könnt auf mich zählen«, brach es schließlich aus ihm hervor. »Ich werde an eurer Seite für die Zukunft unseres Volkes arbeiten. Wenn ihr einverstanden seid.«

Ebbo Ebbosh kniff ihn freundschaftlich in die Seite. »Niemand hat etwas dagegen einzuwenden. Du hast schon mehr dafür geleistet als die meisten anderen Skrekada, die jemals hier gelebt haben.«

»Sobald Lyrant vierzigmal untergegangen ist, werden die ersten Expeditionen aufbrechen«, verkündete Solarisso, der goldene Roboter. »Bitte verlaßt jetzt diesen Raum. Ich habe zu arbeiten. Das Schicksal der Stadt hängt von so vielen Faktoren ab.«

Solarisso setzte sich in den Sessel. Seine goldenen Finger begannen die Tastatur zu bearbeiten.

Ebbo Ebbosh schob Ianno in den Vorraum und die Treppe hinauf.

»Er wird dich rufen, sobald er deine unersetzliche Hilfe benötigt, junger Freund. Nach dem Tod deines Vaters sah alles sehr düster aus. Nur er hätte uns helfen können. Aber er hat uns einen Sohn hinterlassen, der ihm gleichwertig ist. Bis vor kurzem sah es so aus, als müßten die Schläfer in ihren Behältern sterben. Jetzt sehe ich ein Licht am Horizont unserer Zukunft. Komm, ich bringe dich hinüber in mein Haus. Dort ist ein Schlafraum für dich hergerichtet. Du bist bestimmt sehr müde.«

Sie trugen ihn mehr, als er ging. Auf halbem Weg zu Ebbos Bungalow war Ianno Iannod bereits eingeschlafen.

## Nachspiel 369. Sophar

»Wir schaffen es!«

Die Kolonne verließ den Schatten der Oase und wanderte weiter durch den Wüstensand. Als die weißblaue Sonne den Zenit erreichte, machte sie erneut halt und pflanzte eine Stange mit einem Wimpel auf. Zweitausend Atemzüge mußten sie warten, bis der Ausguck endlich das verabredete Signal gab. Die Skrekada lümmelten die ganze Zeit träge im heißen Sand, jetzt aber sprangen sie auf und ließen ein Jubelgeschrei erschallen. Sie erklommen die höchste der benachbarten Dünen und warteten in ihren wehenden Gewändern, bis der Troß aus der Gegenrichtung angelangt war. Langsam stieg Ianno Iannod die Dünen hinab und schritt der Karawane entgegen. Mit leichtem Erstaunen registrierte er, daß eine Frau sie anführte.

»Willkommen am Mittelpunkt des Kontinents«, rief er. »Die Kompasse aus Solarissos Fertigung haben sich als tauglich erwiesen. Der Grundstein für die Erschließung und für die Verbindung zwischen blühenden Städten an den Küsten ist damit gelegt. Ich bin sicher, es gibt noch viel zu entdecken auf dieser Welt.«

»Da hast du recht. Wenn ich daran denke, was ich in dieser Wüste alles schon erlebt habe.«

»In deinen Träumen, nicht wahr?«

»Ja, natürlich. Wo denn sonst? Meine schienen besonders intensiv gewesen zu sein.«

»Kam zufällig ein sprechender Schwaf darin vor, der Prürou hieß?«

»Ja. Woher weißt du das?« Sie wich einen Schritt zurück. »Bist du etwa Ianno Iannod, der Programmierer Solarissos?«

»Ja. und du bist Rianna Riannan!«

»Richtig.«

»Prürou, der Stöberer.« Ianno brach in schallendes Lachen aus, in das die Frau nach kurzem Zögern einstimmte.

»Er fehlt mir irgendwie«, gestand sie. »Er war ein angenehmer Gefährte. Auch wenn er Flöhe hatte und stank. Was bedeutet sein Name? Mir wollte er es nicht sagen.«

»Es ist eine Abkürzung«, platzte Ianno heraus. »Prürou bedeutet ganz einfach Prüfroutine.«